高家表裏譚6

陰《いん》戦《とう》

上田秀人

角川文庫
23426

目次

主な登場人物

吉良三郎義央《きらさぶろうよしなか》……高家の名門・吉良家の嫡男。吉良家を継ぐため、高家見習いとなる。

吉良義冬《よしふゆ》……左近衛少将。高家・吉良家の当主で三郎の父。

後西天皇《ごさい》……今上天皇。後水尾上皇の第八皇子。

後水尾上皇《ごみずのお》……後西天皇の父。後見人として院政を行う。

近衛基熙《このえもとひろ》……権中納言。五摂家《ごせっけ》筆頭の近衛家の若き当主。

小林平八郎《へいはちろう》……父の平右衛門とともに吉良家に仕える。三郎の側役で剣の使い手。

毛利綱広《つなひろ》……長門守。長州藩二代目藩主。毛利元就《もとなり》の子孫を自負する。

第一章　決戦の場

一

近衛《このえ》家からの報《しら》せを受けた後《ご》水尾《みずのお》上皇は、憤怒《ふんぬ》で顔色を変えた。

「孤《それがし》が娘の婿にと選んだ若者を弾正尹《だんじようのいん》ごときが……」

後水尾上皇は、床の間に飾ってあった太刀を手に取った。

「なにをなされまする」

お付きの当番侍従《じじゆう》が慌てた。

「近衛家へ参る」

「お渡りになられるならば、まずは宮中へお届けを」

侍従が手続きを踏んでからと進言した。

「その間に近衛が被害を受けたならば、そなたにまどわせるぞ。果たして釣り合うかの、そなたの家と近衛が」

「ひいっ」

睨《にら》まれた侍従が腰を抜かした。

侍従は天皇、上皇、法皇、皇太子などに付けられる警固役でもある。殿中でも帯刀することが許されている武官公家《くげ》の誉れとも言うべき役目であったが、幕府に天下の軍事を預けて長い朝廷の武官なんぞ、刀の抜き方を知らないだけでなく、いざというときの覚悟さえできない者ばかりであった。

「邪魔だてするな」

「せ、せめてお供を」

このまま後水尾上皇を仙洞御所《せんとうごしょ》から出してしまえば、責任問題となる。侍従がすがるように願った。

「ならば付いて参れ」

後水尾上皇が認めた。

二代将軍秀忠《ひでただ》をして、化け物と評させた後水尾上皇である。武張ったことが大好きで、剣術はそこいらの武士では敵《かな》わぬ腕を持ち、手間暇かかる牛車《ぎっしゃ》での移動より騎乗を好んだ。背中に癰《よう》ができたため針治療をおこなおうとしたところ、玉体《ぎょくたい》に傷を付けることはできないとなって、やむなく天皇位を降りた。もし、病がなければ、今でも帝《みかど》であったことはまちがいない覇気のある人物であった。

「う、馬にはよう乗りませぬ」

従いながら侍従が申しわけなさそうに言った。

「目立つわけにはいかぬわ。徒《かち》じゃ」

「上皇さまがお徒……」

歩いていくと言った後水尾上皇に侍従が驚愕《きょうがく》した。

「すでに今上《きんじょう》ではない。この身が土を踏んでも問題はないわ」

後水尾上皇が手を振った。

天皇は神として崇《あが》められる。そのため針や刃物を近づけず、地に直接足を付けることはなかった。庭を愛《め》でるにも濡《ぬ》れ縁からであり、どうしてもというときは、そこまで濡れ縁を延長するか、雑仕《ざっし》たちに担がせた輿《こし》を利用する。

もっともこれは天皇だけであり、上皇には適用されなかった。

「…………」

これ以上なにを言っても聞かないと侍従が黙った。

近衛家を襲い、捕まった左京大進《さきょうのだいじん》を殺害、その罪を権中納言基熙《ごんのちゅうなごんもとひろ》になすりつけようとした弾正尹、頭中将《とうのちゅうじょう》らはしくじったという報告を受けて顔色を変えていた。

「大金使《つこ》うたのに……」

「そら、殺されかかった左京大進も口を割るで」

「殺されんかったんや、もうこっちは敵やと思うてるな」

三人の男が首を集めて嘆息した。

「どうする」

「このままちゅうわけにはいかんで。近衛を相手にしたんや、ここで手を引いても隠居ではすまんやろ」

頭中将の困惑に弾正尹が頭を横に振った。

「少なくとも近衛が関白《かんぱく》なり摂政《せっしょう》なりをしている間は、息子や孫も忌避されるな。主上のご機嫌次第やけど、麿《まろ》らの流罪もある」

三人目の公家が断言した。

「出世のはずが、島流しか」

かつては讃岐《さぬき》や土佐《とさ》、筑前《ちくぜん》なども流罪の先となったが、徳川《とくがわ》幕府によって天下が安定し、隠流《おんる》先とされたところが親藩あるいは外様《とざま》の有力大名の領地となったことで不適切になってしまった。結果、ほとんどの流罪は隠岐《おき》の島などの離島だけになっていた。

「そんなん生きていかれへんがな」

「都を離れて、なにが公家」

「やるしかないでおじゃるな」

三人の公家がうなずき合った。

「弾正尹は、人を出せるやろ」

「でける。左京大進を咎人《とがにん》とすれば、近衛に引き渡しを求められるわ」

「そんなもん聞くか」

すでに左京大進の引き渡し要求は現場でおこない、拒まれていた。

「今度は麿が出向く。さすがに弾正尹の臨場となると無下にはでけへんやろ」

「ええんか。表に立つことになるでおじゃるぞ」

弾正尹の決意に頭中将が驚いた。

「肚《はら》くくった」

険しい声で弾正尹が告げた。

「わかったでおじゃる。麿も今上さまにお願いをいたすでおじゃる」

弾正尹の決意に感動した頭中将が同意した。

頭中将は蔵人頭《くろうどのとう》と近衛中将を兼ねたもので、天皇の懐刀とされている。武家政権となってからはかつての権威もないが、それでも天皇の側近としていつでも参内、言上ができた。

「麿はどうすればよい」

残った公家が訊《き》いた。

「貴殿と白狐は表に出ず、麿らがしくじったとき少しでも罪が軽くなるように働きかけてもらいたい」

「わかったでおじゃる。勾当内侍《こうとうのないし》とともにできるだけのことはさせてもらう」

弾正尹の頼みに、公家が安堵《あんど》の顔を見せた。

「では、今から弾正台の者を総動員いたすでおじゃるわ」

それぞれの役目は決まったと、弾正尹が気勢をあげた。

仙洞御所から今出川御門《いまでがわごもん》内にある近衛家屋敷までは、ちょうど御所を挟んで対極になる。

「御所内を突っ切られないのでおじゃりまするか」

供をしている侍従が、後水尾上皇へと尋ねた。

「なかを通れば、孤の顔を知っておる者と行き会おうが」

後水尾上皇が侍従を考えが浅いと叱った。

「気付きませいで」

侍従が萎縮《いしゆく》した。

「そうおずおずするな。どのような者であろうとも孤に無体はできぬ。そのようなまねをしてみよ、子々孫々、九族の果てまで本邦に居場所はなくなるわ」

「た、たしかに仰せの通りでおじゃりまする」

天皇と違って上皇は人に戻る。とはいえ、今上の父あるいは兄、祖父あたりなのだ。上皇に手向かった者を天皇が許すはずはなかった。また、面倒な相手とは思われているが、後水尾上皇は、秀忠の娘婿でもある。家光《いえみつ》にとって義兄、家綱《いえつな》にとっては伯父《おじ》にあたる。いわば徳川の身内、一門なのだ。その後水尾上皇に手出しをされて、幕府が黙っていることは面目にかけてもない。

朝廷と幕府に追われては、居場所はどこにもなくなる。

「目立たぬよう、ゆっくり歩け」

「承知いたしましておじゃる」

ようやく侍従が落ち着いた。

近衛家では、左京大進が口を割っていた。いや、殺されかかったことで吹っ切れたのか、訊いてないことも語った。

「出世したところで、家禄《かろく》が増えるわけでもなかろうに」

惚《ほ》れた姫を妻にするには、どうしても四位《しい》になりたかったと言った左京大進に、吉良《きら》従四位《じゅしい》侍従《じじゅう》兼上野介《こうずけのすけ》三郎義央《さぶろうよしなか》があきれた。

「家禄が増えぬからこそ、官位が大事なのじゃぞ」

近衛権中納言多治丸《たじまる》基熙がたしなめた。

「なるほど」

「三郎もすぐにわかる。吉良の家は高家《こうけ》じゃ。高家は朝廷との遣《や》り取り、幕府の礼儀礼法を司《つかさど》るのが家職。ようはどれだけ治世の能があろうが、武芸に優れていようが、老中《ろうじゅう》にも京都町奉行《まちぶぎょう》にもなれぬ。生涯高家のまま。そして高家は永遠に旗本の役目ぞ」

「むうう」

近衛基煕に言われた三郎が唸《うな》った。

まだ当主ではなく、部屋住みであり、見習いとして江戸《えど》城にあがってはいるが、高家でもない。その地位に就かない限り、見えてこないものもあると年若の近衛基煕に指摘されて三郎は気付いた。

「失礼をいたした」

三郎はすでに縛を解かれてはいるが俘虜《ふりょ》となっている左京大進に詫《わ》びた。

「と、とんでもない」

武家官位とはいえ、はるかに格上の三郎に頭を下げられて、左京大進が慌てた。

「悪かったら謝る。あたりまえのことやねんけどなあ。歳や身分、家柄がくっつくと難しゅうなりよるわ」

近衛基煕がため息を吐《つ》いた。

「謝るよりなかったことにするほうが、安心できるからだろうよ」

三郎も同じ思いだと言った。

「さて、どうするかの」

近衛基煕が対応策を問うた。

「こちらから討ってでるのはまずいな」

「戦力が三郎と平八郎《へいはちろう》だけだからの。そして、二人は京《きょう》で目立つわけにはいかぬ」

ひそかに江戸を病い療養と偽って出てきたのだ。領地での療養は当たり前のことでもあるから、箱根《はこね》越えの言い訳はできても、さすがに京はまずかった。

「いざとなれば、多紀《たき》家、曲直瀬《まなせ》家あたりの治療を受けに来たという手もとれるけどなあ」

多紀、曲直瀬といえば、京で代々続く天下に聞こえた医術家である。

「どう見ても病人やないの」

近衛基熙がしげしげと三郎を見つめた。

「……こんなことに巻きこまれるとは思っておらなんだからな。礼を言うて、装束の職人を紹介してもらうだけのはずが……」

「それはすまなかったのう」

三郎の愚痴に近衛基熙が気まずそうに横を向いた。

「とにかく、こちらは待つしかないと」

「そうやな。左京大進を証人じゃと連れていったところで、罪人を扱う弾正尹が敵では、逆効果でしかないし、御所へというても、左京大進の身分では主上に拝謁も賜れぬ」

近衛基煕も困惑した。

「勝ち筋が見えぬ」

妙手どころか、打つ手もないと三郎が天を仰いだ。

「麿一人で拝謁を願うしかないか」

「できるのか」

三郎が問うた。

「近衛家の当主やぞ。不意参内しても大事ないわ」

「しかし、他人《ひと》払《ばら》いはできぬであろう」

胸を張る近衛基煕に三郎が確かめた。

「主上と麿だけなぞ、五摂家《ごせっけ》の誰でも無理じゃ。まちがいなく頭中将と侍従はおる」

「その頭中将が敵ぞ」

「それよなあ」

近衛基煕が小さく首を横に振った。

「麿は当主とはいえ、幼いさかいなあ。どうしても軽く見られる」

意見が受け入れられないと近衛基煕がぼやいた。

「他の摂関家《せっかんけ》に応援は頼めぬのか」

「借りになるでなあ。将来、高く付く。麿が摂政関白になるのを譲らなければならなくなるかも知れん」

三郎の提案は受け入れにくいと近衛基熙が二の足を踏んだ。

「となれば、攻めてくるのを迎え撃つしかない」

付き合いが大きい三郎としても、近衛基熙には出世してもらわねば困る。

「すまぬの」

「今さらよ。一蓮托生《いちれんたくしょう》だ」

頭を下げる近衛基熙の背中を三郎が叩《たた》いた。

「では、その蓮《はす》を孤が支えてやろう」

いつの間にか後水尾上皇が立っていた。

二

いかに近衛家の門番でも後水尾上皇を止める、あるいは中継ぎをするまで待たせるなどできようはずもなく、前触れも間に合わない形になった。

「上皇さま……」

さすがの近衛基熙も啞然《あぜん》とするしかなかった。

「吉良侍従」

「はっ」

すでに三郎は後水尾上皇の謁見を受けている。位階は四位と直答にはいささか不足だが、侍従という役職がそれを可能にしていた。

「よくぞ、多治丸を守ってくれた」

「畏《おそ》れ多いことでございまする」

三郎は平伏した。

老中でも後水尾上皇から感謝の言葉をかけられることはなかった。というより相手にされなかった。それだけの権威と見識を後水尾上皇は、誇っている。なにかものを献上されたとか、仙洞御所の修復をしてもらったとかでも、後水尾上皇付の女官から「ご機嫌麗しゅうございました」と伝えられるのが関の山である。

二代将軍、三代将軍と上洛《じょうらく》の経験がある秀忠や家光ならばあるかも知れないが、四代将軍となった家綱はまだ上洛をしていない。

三郎は今の幕臣のなかで唯一後水尾上皇から直接褒め言葉をかけられたのだ。

「そこに控えし者は、誰じゃ」

後水尾上皇が現れた瞬間、縁側から飛び降りて地面に額を押しつけてた小林《こばやし》平八郎を上皇が指さした。

「畏れながら、わたくしめの臣でございまする」

「このたびのことでも、もっとも活躍をしてくれた武人でおじゃりまする」

三郎の紹介に近衛基熙が付け加えた。

「ほう、剣術の遣い手か。それはよい。面をあげよ」

「…………」

少しだけ顔をあげた小林平八郎が、泣きそうな表情で三郎に指示を仰いだ。

「上皇さま」

勘弁してやって欲しいとの意を込めて三郎が後水尾上皇に声をかけた。

「忍びじゃ。気にするな。顔を見せよ」

「平八郎、顔をあげい」

二度ではまだ遠慮すべきだが、後水尾上皇はせっかちである。遠慮が過ぎると怒り出すこともある。

近衛基熙が小林平八郎に告げた。

「ご諚《じょう》じゃ」

三郎もあきらめた。

「ご無礼の段、平に、平に」

最初から詫びながら、恐る恐る小林平八郎が顔をあげた。

「ふむ。よき面構えの武士《もののふ》であるな。孤が後水尾である」

「ははあ」

一瞬で小林平八郎がふたたび額を庭土に付けた。

「戯れじゃ、気にするな」

後水尾上皇が手を振った。

「それより、上皇さま。よくぞおいでくださりました」

近衛基煕が深々と頭を下げた。

「なに、孤の血に繋《つな》がる者を害しようとする愚か者を許すわけにはいかぬ。なにより当代の御代を簒奪《さんだつ》しようと考えておるなど論外である」

後水尾上皇が憤慨しながら続けた。

「主上のご宸襟《しんきん》をわずらわせることはできぬゆえ、孤が出向いたのよ」

「お力添え、まことにかたじけなく存じあげまつりまする」

近衛基煕が感謝の意を表した。

弾正尹は弾正台の役人たちへ総動員をかけた。

「五摂家の一つ近衛家の当主権中納言どのへ無体を仕掛けた左京大進を捕縛する。左京大進を逃がすような醜態をさらせば、弾正台は京中の笑いものとなる。手にあまるくらいであれば、討ち取ってもかまわぬ」

弾正尹が一同を鼓舞した。

「ものは言いようやなあ」

すでに弾正尹の策謀の手先として動いている弾正大弼《だいひつ》が苦笑した。

「後がないんやろう」

同じく走狗《そうく》となっている出雲権守《いずものごんのかみ》があきれた顔をした。

「どないする」

「前には出えへんほうがえぇで。近衛はんとこにいてる侍は剣呑《けんのん》すぎる」

弾正大弼の問いに出雲権守が首を左右に振った。

「命あっての物種や。今から裏切っても咎めはあるやろうし、逃げ出したらそれこそ両方から睨まれる」

出雲権守がうまくやり過ごすのがもっとも良策だと言った。

「そうやな。後ろで声だけあげとけば、ええやろ」

弾正大弼も同意した。

総動員といったところで百も集まっているわけではなかった。御所の警備や形だけになっている洛中《らくちゅう》巡回に出ている者もいる。

弾正尹が引き連れているのは、なんとか三十人をこえるといったていどであった。

「なんでおじゃる」

それでも御所のなかをまとまった人数がものものしい雰囲気で行動することはまずないだけに、公家連中やその家臣たちの興味を惹《ひ》いた。

「問うて参れや」

牛車のなかから見かけた公家が、従者に命じた。

「へえ」

従者も興味津々である。嬉々《きき》として近づいていった。

「すんまへん。右少将《うしょうしょう》はんとこの者《もん》ですねんけど、なんぞおましたんか」

従者が弾正台の下っ端役人に声をかけた。

「離れとき、弾正尹さまのご出座や。下手にかかわったら主筋にも響くで」

小役人が小声で注意した。

「そらかなんわ。おおきに」

従者があわてて離れていった。

弾正尹には従二位《じゅにい》以下の者を追捕《ついぶ》し、監察する権が与えられている。右近衛《うこんえの》少将といった四位の公家では、太刀打ちできない。

「御所はん、あきまへんわ。弾正尹はんやそうですわ」

「弾正尹の直接出張りかいな。そら剣呑なこっちゃ。とばっちりはごめんじゃ。帰るでおじゃる」

牛車のなかの公家が震えあがった。

だが、なかには野次馬根性の旺盛《おうせい》な者もいる。

「こら、大捕物や」

遠巻きに弾正尹行列の後を付ける者もいた。

「うるさい、散らせ」

弾正尹としては、あまりことを派手にしたくはない。うまくいけばいいが、しくじりが続いているだけに、弾正尹の気は立っていた。

「へえ」

六尺棒を持った弾正少疏《しょうさかん》らが野次馬を威嚇した。

「散りや、散り。そやないと捕縛するでえ」

「どこへ行くんや」

「どなたはんとこや」

これ幸いと野次馬たちが問うたが、

「言えるわけないやろ。さっさと去《い》に」

六尺棒を突きつけられて、

「なにすんねん」

とあわてて野次馬が散った。

「無駄やのになあ」

「ほんまや。ああいう物見高い連中は散らしても、すぐに戻ってくるのに」

野次馬を散らした弾正少疏たちが愚痴を言い合った。

「近衛はんとこやろう」

「弾正台の手出しでけへんところや」

もともと公家の弾劾をおこなってきた刑部《ぎょうぶ》が形骸《けいがい》化し、その穴埋めをするためにできた弾正台であったが、最初から五摂家や大臣家、青華家《せいがけ》などの有力公家には手出しできないという軛《くびき》が付けられていた。そうしないと弾正台を支配に置いた高位公家が、敵対している者たちへの武器として使用しかねなかったからである。

「まあ、どっちにせよ、わたいらに雲の上は関係ないで」

「そうやな。張り切りすぎて怪我せんように気をつけんとな」

小物には小物の処世術があった。

「口上を言うて来い」

近衛家の門前に到着した弾正尹が、副官である権帥《ごんのそち》に命じた。

「承知いたしましておじゃる」

弾正尹が出世していけば、その後釜に座らせてやるとの餌に釣られた権帥が、近衛家の門前へ近づいた。

「開門を願う。弾正台でござる。咎人の引き渡しを求めるものである」

下級公家なら表門を蹴《け》破るか、生け垣を破って一気に侵入するところだが、五摂家相手にそのようなまねをすれば、なにがどうなろうとも弾正台は無事ではすまなかった。

「承ってごじゃりまする」

口上を受けて、近衛家の表門がすんなりと開いた。

「うむ。殊勝でおじゃる」

権帥が、満足げにうなずいて、弾正尹のもとへ復命に戻った。

「神妙でおじゃりました」

「まさかっ」

今までの経緯から考えて、近衛家の表門が抵抗なしに開くはずはない。それこそ門前での戦闘も思案に入っていた。それがなにもなしに開門とは、弾正尹は信じられなかった。

「なかで待ち伏せている者は……」

「そのような者はおりませぬ。門番の小者《こもの》が左右に一人ずつおるだけで」

弾正尹の疑いに権帥が、首を横に振った。

「罠《わな》は……」

「そのような気振《けぶり》もおじゃりませぬが」

疑い深い弾正尹に権帥が、怪訝《けげん》な顔をした。

「ならばええ。まずは少疏、大疏《だいさかん》らを行かせよ」

「お指図のとおりに」

弾正尹の指揮に従って、下役人が近衛家へと踏みこんだ。

「異常おまへん」

「ご出座を」

弾正少疏たちの報告を受けて、権帥が弾正尹も近衛家へ入るようにと促した。

「ご出座を」

「麿は外で陣を張る」

「それでは、近衛家への礼に欠けまする」

長官自らが出馬するということで、近衛家への気遣いにしている。その長官たる弾正尹が外で待っているなど、近衛家をないがしろにしていると取られかねなかった。

「……わかった」

不承不承、弾正尹が近衛家へと入った。

「近衛権中納言卿《きょう》でおじゃるな。麿は弾正尹でおじゃる」

屋敷のなかで待っていた近衛基熙に、弾正尹が名乗った。

「いかにも権中納言じゃ。互いに暇な身ではなかろう。早速、用件を聞かせよ。事と次第によっては、ただではすまさぬゆえ、そのつもりでの」

嘘偽りや下らぬ用件であったときは、朝議で問題にすると近衛基熙が揺さぶりをかけた。

「こちらに慮外者《りょがいもの》の左京大進がかくまわれておるとの報があり、麿自ら出馬したものでおじゃる。隠し立ては御身のためにならぬとお考えあれ」

弾正尹が左京大進を引き渡せと要求した。

「たしかに当家には左京大進がおる」

「お認めになるか」

素直な近衛基熙に弾正尹が喜色を浮かべた。

「なれど、左京大進から麿が訊いた話と違うようじゃ」

近衛基熙が簡単には渡さないと拒絶した。

「咎人はえてしてそういうもの。少しでも罪を軽くするために平然と騙《かた》りをいたす。お気に止められてはなりませぬぞ」

弾正尹が幼い近衛基熙を諭すように言った。

「どちらが正しいかは、誰が決める」

「弾正台でおじゃる。その長《おさ》たる麿が正しいということ」

「面白くはないの、その話は」

勝ち誇った弾正尹に近衛基熙が不満を述べた。

「権中納言では、弾正尹に逆らえませぬが」

抵抗するなら、遠慮はしないと弾正尹が通告した。

「摂家の筆頭、皇別家《こうべつけ》たる近衛を捕まえると申すか」

「弾正尹の役目でござる。弾正尹に手向かいするのは、朝廷へ牙剝《きばむ》くも同じ。いかに格別の家柄であろうとも、朝臣にすぎませぬからの」

弾正尹が言い返した。

「左京大進が、そちの名を出したぞ。もちろん、他の者、頭中将とかもな」

「戯言《ざれごと》を真に受けられるとは、まだまだでおじゃる。さっ、左京大進をお渡しくだされや。それがもっとも近衛家に傷の付かない方法でおじゃる」

近衛基熙の発言を弾正尹が一蹴《いっしゅう》して、再度引き渡しを要求した。

「家《や》捜しなどいたしたくはおじゃりませぬ」

これ以上引き延ばすならば、弾正台役人たちによる家捜しを強行すると弾正尹が宣告した。

「すべてを知られたとわかったはずじゃ。おとなしく帰って身を慎めば、まだ助かるかも知れぬぞ」

やはり最後通告を近衛基熙がおこなった。

「お若いの」

弾正尹が近衛基熙の勧告を鼻で笑った。

「浅はかなり」

近衛基熙が大きく嘆息した。

「いかに権中納言どのとはいえ、無礼でおじゃろう」

「左京大進ならば、この奥におる。連れて行けるものなら、連れて行くがよいわ」

怒る弾正尹に近衛基熙が背後の襖《ふすま》を指し示した。

「よし。一同打ちこめえ」

弾正尹が控えていた配下たちに指図した。

「…………」

冷たい顔で近衛基熙が見送った。

「神妙にせいや」

命じられたとおりに襖を開けた弾正少疏が、後ろへ飛んだ。

「無礼者め」

襖の向こうで待機していた小林平八郎が、蹴り飛ばしたのであった。

「何者じゃ。弾正台と知っての狼藉《ろうぜき》とあらば、そのままには捨て置かぬぞ」

驚いた弾正尹が大声を出した。

「権中納言どの、この対応は問題でおじゃる。後日、あらためて説明をいただくことになるとお覚悟なされよ」

「思いのほか、勢いを残しておるの。弾正尹」

近衛基煕を陥れる好機と取った弾正尹を大きな声が揶揄《やゆ》した。

「誰ぞ、弾正尹を虚仮《こけ》にすると痛い目に……」

「孤を遭わせてみせるか、痛い目に」

弾正尹の怒りを嘲笑《ちようしよう》が跳ね返した。

「……孤」

その呼称に弾正尹が息を呑《の》んだ。

公家は基本己のことを麿という。そして天皇は朕と名乗る。孤という呼称を使うのは、上皇、宮家、門跡であった。

「そんなことはあり得ぬ」

弾正尹が思い当たった人物の名前を振り払うように頭を強く横に振った。

「久しいの、弾正尹」

「……上皇さま」

もう一度声をかけられてまちがいないと悟った弾正尹は腰を抜かした。

三

頭中将は急ぎ参内して、後西《ごさい》天皇への拝謁を求めた。

腹心とされているだけに、頭中将は止められることなく拝謁できた。

「どういたしたのか、ずいぶんと顔色が悪いようじゃ」

腹心相手でも天皇は御簾《みす》のなかにいる。

「畏れ多いことながら摂関家にかかわることでございますれば、お許しを願い奉りまする」

「他人払《ひとばら》いをせよと」

後西天皇が頭中将の意図を読んだ。

「それはなりませぬぞ」

後西天皇に随伴している侍従が首を横に振った。

「なにとぞ、なにとぞ」

頭中将が平蜘蛛《ひらぐも》のように蹲《うずくま》った。

「ふむ。そちがそこまで申すのは初めてじゃ。よい、皆遠慮いたせ」

「主上」

「なにを仰せに」

侍従たちが騒いだ。

「しばしの間じゃ。頭中将、他人払いはこの南蛮時計の針が四半周するまでぞ」

幕府から送られた時計を後西天皇が笏《しゃく》で指した。

「それではあまりに短《みじこ》うございまする」

「甘えられるな。ご叡慮《えいりょ》に感謝すべきであるぞ」

侍従が怒りを頭中将に向けた。

「それがならぬと申すならば、そちとの話はなしじゃ」

いかに腹心とはいえ、そのわがままをとおすのは、後々のためにならない。実権を失っているとはいえ、天皇という権威は高く、利用しようとする者はかならず出てくる。

「承知いたしましてございまする」

厳しい後西天皇の言葉に、頭中将が折れた。

「では、申せ」

まだ納得していない侍従たちを天皇の命ということで他人払いした後西天皇が、

頭中将を促した。

「先日、左京大進が是非とも従四位への引きあげを願いたいと訪れて参りましてございまする」

「左京大進と申さば六位《ろくい》の下であったか」

「さようにございまする。六位の者が五位《ごい》になるだけでもまれに見る立身でございますのに、四位などまさに八艘《はっそう》飛びでございまする」

朝廷には大きな階があった。その一つが五位から四位であった。

そもそも昇殿できるのは、従三位《じゅさんみ》からとなっており、それらが公家と呼ばれる名門であった。もちろん、家柄は高くとも嫡子や家を継いだばかりの者は別である。初任は官位が低いことはままあったが、それでも公家扱いされた。これは将来の出世が見えているからであった。

それだけ朝廷というのは、位階、官位が固定化していた。五摂家の跡取りはよほど運が悪いか無能でない限り大臣以上になり、それ以外の家系に生まれればどれだけ有能でも関白や摂政にはなれない。唯一の例外が豊臣秀吉《とよとみひでよし》であり、ときの天下人をさすがの朝廷も無視できなかったうえ、ときの五摂家があまりに稚拙だったから起こった例外中の例外である。しかし、例外でも一度前例ができるとそれは慣例になるのが朝廷である。もし、今、豊臣家の直系が現れれば、五摂家は六摂家になる。

そこまで派手な話ではないが、左京大進が四位になるというのもまず無理な話であった。

「なぜにそこまでの立身を願う」

後西天皇が理解に苦しんだ。

通常ならば一代、二代とかけて六位下を六位上、あるいは五位下まで引きあげ、そこからさらに数代かけて、四位への道を作るのだ。それを一気にとなると、軋轢《あつれき》は数倍の大きさと強さになる。

「それは聞いておりませぬ」

じつは三位の娘に一目惚れしたからである。だが、そんなことを天皇に聞かせるわけにはいかなかった。

「ほう、普段周到なそちにしては珍しいの」

「望みのないことでございますれば、あまり深くかかわりたいとは思いませず」

怪訝な雰囲気を見せた後西天皇に頭中将が言い逃れた。

「ふむ。で、それが他人払いまでしてせねばならぬものか」

当然の疑問を後西天皇が口にした。

「もちろんこれだけではございませぬ。わたくしに断られた後、どうやら近衛権中納言さまのところへ行ったようで」

「近衛……まだ、幼いであろう」

当たり前のことながら、後西天皇は五摂家とのかかわりが深く、近衛基熙とも何度となく顔を合わせていた。

「若いので与《くみ》しやすいと考えたのではないかと」

頭中将が答えた。

「たしかに、そう見えるのも無理はないの」

後西天皇が納得した。

「そこでなにがあったかはわかりませぬが、左京大進が近衛権中納言さまに無体を働き、捕らえられたようでございまする」

「頼みに行った先で暴れるとは、なんとも愚かな」

頭中将の話に、後西天皇があきれた。

「左京大進の身分では、近衛権中納言さまの館《やかた》へあがることはできず、門を通じての遣り取りであったそうで、今出川御門を警衛いたしておりまする衛門《えもん》たちが、その様子を見ており、弾正台へ報せがあったよし」

「近衛家からの連絡は」

「それがございませぬ」

確かめた後西天皇に頭中将が首を左右に振った。

「みょうなことよな。被害を受けた近衛がなにも申しておらぬというのは」

後西天皇が首をかしげた。

「報せを受けた弾正台では、人を出して近衛権中納言さまに左京大進の身柄引き渡しを求めたのでおじゃりまするが、拒まれたよし」

「おかしいの」

「それだけでは終わらず、調べようとした弾正台の者に近衛家の家人が手を出したとも」

「弾正台の者に怪我でもあったのか」

「打ち身ていどだと聞いておりまする」

「それでもならぬことじゃ。弾正台は非違《ひい》を監察するのが役目、それを摂家ともあろうものが抵抗するなど、捨て置けぬの」

「ご叡慮のとおりかと」

思った方向に誘導できたと頭中将がほくそ笑んだ。

「そちはいかがすべきであると考えるか」

後西天皇が対応を訊いた。

これこそ頭中将の役目であった。頭中将は天皇の諮問に答えるのが第一の役目とされている。

「近衛家は格別のお家柄でございまする。わたくしごときや弾正尹では対抗もできませぬ。畏れ多いことながら、主上の勅をいただきたく」

「勅はならぬ」

頭中将の願いを後西天皇が拒んだ。

天皇の命である勅は、出た限りかならず果たされねばならなかった。綸言汗《りんげん》のごとしということわざにもあるように、高貴な者が口にしたことは、出た汗を戻すことができないように取り消せない。勅は絶対であった。

当然、そうそう出していいものではないし、天皇の気分一つで出されても困る。勅は出す前に五摂家、各大臣などが集まった場で検討され、そこで認められて初めて出される。いかに現在の天皇であろうとも、一人の考えで出せるものではなかった。

「承知いたしておりまする。そこで、わたくしめに奉書を預からせてはいただけませぬでしょうか」

「奉書か」

願われた後西天皇が思案に入った。

奉書は天皇がこのように思っておられまするという形で、宮中女官などが書く手紙のようなものだ。

天皇の思いを推察するとしてあるが、実際はその意を受けて出すものであった。もちろん、女官なりの推察なので勅のような効果はないが、天皇の内意として朝廷では重きを置かれていた。

「奉書であるが、近衛相手となると軽々には出せぬ」

後西天皇が渋った。

天皇と五摂家は近い親戚のようなものであった。天皇の子が五摂家に降嫁したり臣籍降下して養子になったり、五摂家の姫が中宮となるなど、血の交流は濃い。

そもそも五摂家は天皇、すなわち朝廷を支えるためにある。その一つ近衛家を非難するような書面を出すのは、後に影響を残す。

「主上、枉《ま》げてお願いをいたしまする。このままでは弾正台と近衛家が争うことになりまする」

「それは朕も懸念をいたすが、奉書はならぬ」

奉書は証拠として残ってしまう。

そうでなくとも後西天皇の足下はもろい。もともと先代で兄でもある後光明《ごこうみよう》天皇の急死を受けての即位であった。それも後光明天皇は死の直前、日継《ひつぎ》の皇子《みこ》として末弟で生まれたばかりの識仁《さとひと》親王を猶子にしていたのだ。

本来ならば識仁親王が次の天皇となるはずであった。

「あまりに幼い」

後光明天皇がどういった考えで識仁親王を猶子にしたのかわからないが、乳飲み子を高御座《たかみくら》に座らせるわけにはいかない。なにせ、まだ徳川幕府が設立されて三代、ようやく天下も落ち着き、これからどのように幕府と付き合っていくかという大事な時期であった。ここをしくじると鎌倉《かまくら》、室町《むろまち》の二の舞となり、朝廷の領地はもちろん、天皇領や公家の荘園などが押領されかねない。武家の幕府を認めたとき、朝廷は強く出なかったため、所領を奪われ、困窮したのだ。

幸い、幕府設立当初の天皇であった後水尾上皇は、豪儀な性格で幕府の圧力も跳ね返した。また、その後を継いだ後光明天皇も父親の影響か、剣術を好み御所で刀を振り回すほど武張った人物といい流れになっていた。しかし、後光明天皇は急死してしまった。

せっかく強気で出ていた朝廷としては、いかに後光明天皇の遺言であっても、お襁褓《むつ》も取れていない幼君を立てるのはまずいと考え、後西天皇を間に入れた。

「かならず将来は識仁親王に譲位していただく」

後西天皇はしっかりと条件を付けられての即位であった。

「わかった」

兄が天皇になった段階で即位は諦めていた。あとはどこかの宮家に養子として入るか、五摂家のどこかに臣籍降下するか、門跡となって頭を丸めるかのいずれかしかない後西天皇は、その条件を受け入れた。

とはいえ、いざ天皇になってみると気も変わる。別段贅沢《ぜいたく》ができるわけではないが、それでも女官には手出ししても問題にならないし、五摂家や高位の公家たちもそろって頭を下げる。

やがて後西天皇に子供ができた。

最初の子は女児であった。だが、二人目に男子ができた。

「跡を継がせたい」

吾《わ》が子に今あるものを継がせたいと思うのは、権力者の常である。

かの豊臣秀吉をして、幼い秀頼《ひでより》に天下を継がそうと、死の床で家康《いえやす》の手を握って頼みこませたという。少し考えれば、そんなものはなんの保証もないとわかるのにだ。

わかっていたはずの後西天皇だったが、昨今変わってきているのは確かであった。

「主上のお気持ちは重々承知いたしております」

頭中将が迫った。

今上天皇の腹心というのは、代替わりで衰退するのが慣例であった。

新しい天皇も、己の都合のよい腹心が欲しい。

比較されるだけでもうっとうしい。

「先代さまは」

天皇が代われば、頭中将も身を引くのが当然とされている。

「朕の思いを汲《く》み取ると」

「畏れながら、お任せいただきたく」

「むううう」

頭中将の誘いに後西天皇が悩んだ。

後西天皇も頭中将が味方であるとわかっている。だからこそ他人払いの要求にも応じた。

「近衛を抑える好機かと」

わざと頭中将が声を潜めた。

「五摂家の筆頭が朕に膝を付く……」

一つくらいが傾いたところで、残りのほうが多い。形勢に大きな影響はでないと思えるが、それでも全部が敵であるよりはましである。

「主上、ご英断を」

頭中将が身を乗り出した。

「奉書ではなく、内意でよかろう」

証拠の残らない伝言ですまそうと後西天皇が言った。

「口頭では、効果がございませぬ」

頭中将が首を横に振った。

書き物は証明になる。だが、伝言は本当にそうだという証《あかし》がない。

「偽りを申すな」

真偽を疑われるのは当然、

「ならば聞いてこい」

と言い返しても、

「そのようなことは知らぬ」

形勢不利となった瞬間、天皇から見捨てられることもあるのだ。

とくに呼吸のように陰謀を繰り返す公家である。保証なしに動くのは愚の骨頂であった。

「思い残すことなく和子《わこ》さまに高御座を譲られまするか、それとも識仁親王さまに無念とともにお渡しになりまするか」

頭中将が露骨に尋ねた。

「…………」

後西天皇が沈黙した。

いかに腹心の前でも本心を吐露するのはまずい。後西天皇は朝廷の都合で置かれただけの中継ぎでしかないのだ。

「主上がこのようなお考えを……」

もし後西天皇が即位の条件を破ったと五摂家に漏れると、

「代替わりをしていただくしかないな」

「まだ識仁殿下はお若いが」

「後水尾上皇さまの和子さまのなかからお選びいたせばよい」

五摂家と大臣、大納言《だいなごん》などの有力者などの間で話し合いがなされる。

なにせ後水尾上皇には、識仁親王を末子として十九人の皇子がいる。もちろん、亡くなった者も後光明天皇を筆頭にいるが、それでも候補者には困らなかった。

天皇だからといって絶対ではない。

過去、譲位を強要された天皇は少なくなかった。いや、譲位ならばまだよかった。なかにはあからさまに排除された者もいた。

なにせ百十一代続いているのだ。闇を抱えて当然であった。

「主上」

まだ決断できない後西天皇に頭中将が語気を強めた。

「最後の機かも知れませぬぞ」

「……二度と来ぬか」

機を待つことはあきらめに繋がると気づいた、後西天皇が苦い顔をした。

「わかった。奉書をそちに預けよう」

後西天皇が決断した。

奉書は勅ではない。だが、その力は大きい。

「それはなりませぬ」

勅では許されない拒否ができないわけではないが、天皇の望みを蹴ったことには違いないのだ。

「気に入らぬ」

奉書を出した天皇がその位にあるかぎり、出世の道は閉ざされる。たとえ五摂家であろうとも同じである。いや、より悪かった。

摂関家というのは、その名前のとおり摂政あるいは関白の地位に就ける家柄である。つまり、五摂家であるかぎり、そのどちらかに就任することが目的であり、夢であった。

それが無理になる。

奉書を出すくらいの天皇ならば、すでに自己の判断でものごとを片付けられる。つまり、幼君の補佐役である摂政は不要、残る関白だけになる。たった一つしかない地位を五つの家が争う。そのとき天皇を敵に回していては勝ち目はなかった。

ぎゃくに奉書に従えば、天皇の覚えもめでたくなる。

「あの者がよい」

長年の慣例で関白は天皇の指名で決まるものではなくなっているが、それでも影響力は大きい。

「幼すぎまする」

「一つの家が関白を続けて出すのはよろしくないかと」

こういった反対するに十分な理由がなければ、まず反対意見は出ない。出せば、天皇に厭《いと》われる。

つまり、奉書はほぼその通りになった。

「これで、勝った」

ぎりぎり他人払いの刻《とき》のうちに奉書を受け取れた頭中将は、喜び勇んで近衛基熙の屋敷へと向かった。

「表門が開いている……弾正尹もうまくやったのかの」

まだ左京大進を渡せ、渡さないでもめていると思っていた頭中将が口の端を緩めた。

「頭中将である。権中納言さまにお目にかかりたい」

懐には奉書が入っている。勅使ではないし、やろうとしていることがことだけに、大仰な態度を取るのはよろしくないが、それでも普段よりは尊大な調子で頭中将が面会を求めた。

「伺っております。主がお待ちいたしておりますれば、どうぞ」

門番があっさりと通した。

「うむ……伺っている」

うなずきながらも頭中将がみょうな顔をした。

先触れなど出してもいない。それなのに近衛家の門番は、待っていたという対応をした。

「……そうか、弾正尹が話したのだな」

後西天皇を説得するという策は弾正尹と練ったものである。頭中将が納得した。

「来たか」

弾正尹を迎えた書院で近衛基熙が頭中将の姿を認めた。

「権中納言さま」

頭中将も近衛基熙を見つけた。後ろに一人警固の者を控えさせているだけで近衛基熙が端然としていた。

「先触れもなしに、麿に何の用や」

「……………」

幼いとはいえ、麒麟《きりん》、鳳凰《ほうおう》の血筋である。

近衛基熙の威風に頭中将が気圧《けお》された。

「弾正尹よりは少しましじゃの」

敬意も見せなかった弾正尹より、近衛基熙は頭中将を評価した。

「……弾正尹どのは」

頭中将が周囲を見回した。

「弾正尹ならば、奥に左京大進とともにおる」

嘘は言っていない。すでに弾正尹は後水尾上皇の手によって捕縛されているとか、配下はすべて降伏しているとか、いくつか事実が欠けているだけであった。

「さようでおじゃるか」

安堵した頭中将の身体から力みが抜けた。

「弾正尹のことはさておき、卿の用はなんぞ」

もう一度近衛基熙が訊いた。

「畏《かしこ》まられよ。主上の奉書でおじゃる」

頭中将が懐から紙を取り出して重々しく宣した。

「主上の奉書……女房奉書ではないのか」

近衛基熙が慣例と違うと怪訝な顔をした。

「畏れ多くも主上から直接、麿にお手渡しいただいたものである。権中納言、畏まらぬか」

頭中将が勝ち誇った。

「はっ」

近衛基熙が素直に従って、頭《こうべ》を垂れた。

どのような経緯があろうとも、後西天皇の奉書には違いない。軽々しく扱っては、失点になる。

「権中納言藤原《ふじわら》基熙、頭中将の指図に従うべし。努々《ゆめゆめ》疑うことなかれ」

頭中将が奉書を読みあげた。

「承ったか」

上から頭中将が近衛基熙を抑えこむように言った。

「たまわらぬ」

近衛基熙が背筋を伸ばして拒んだ。

「主上の……」

「偽りを申すな」

後西天皇の名前を持ち出そうとした頭中将を近衛基熙が叱責《しっせき》した。

「奉書と申すゆえ一応の敬意を表したが、麿は五摂家筆頭の近衛ぞ。その近衛をたかが頭中将ごときが差配するなど、朝廷の格式を乱す行為である。そのようなものを主上がお口にされるはずはない」

近衛基熙が険しい声で否定した。

「奉書を見よ。主上のお手蹟《しゅせき》である。拝見したことくらいはあろう」

筆跡を確認しろと頭中将が奉書を突きつけた。

「……どれ」

顔を近づける振りで近衛基熙が、奉書を奪い取った。

「な、なにを……不敬」

あわてて頭中将が奉書を取り戻そうと手を伸ばした。

「ほい」

近衛基熙が奉書を後ろへと放った。

「…………」

後ろに控えていた警固が奉書をあっさりと摑《つか》んだ。

「無礼な、そなた風情が触れてよいものではない。今すぐに返せば、見逃してくれる」

天皇の奉書を近衛家とはいえ、その家臣が手にする。外へ漏れたら、奉書を預かった頭中将の責任になる。

頭中将がなかったことにするため、罪には問わないと口走った。

「吾《われ》の顔は知らぬと見える」

奉書を手に警固の者が嗤《わら》った。

「知るはずなかろうが、下郎」

「吉良侍従兼上野介である」

怒鳴った頭中将に三郎が告げた。

「……吉良」

一瞬頭中将が啞然とした。

「三郎、お渡しをしてくりゃれ」

近衛基熙が三郎に頼んだ。

武家は座っている形からでも淀《よど》みなく動けるように鍛錬する。座敷で向かい合っている相手がいきなり斬りかかってくることもあるからだ。

「……あっ」

水の流れるような淀みのない体術で三郎は、奥の部屋の襖を開けた。

「ま、待ちや」

頭中将が手を伸ばした。

その制止など聞こえぬと三郎は奥座敷へと入った。

「返せ、返せ」

腰をあげながら頭中将が、奥座敷へ消えた三郎を追った。

「………」

近衛基熙を無視して、奥座敷に侵入した頭中将が固まった。

「あいかわらずじゃの、そちは」

弾正尹を平伏させている後水尾上皇が、あきれた。

「頭中将がいかに主上の腹心とはいえ、そちがえらいわけではない。えらいのは頭中将という地位であり、そちではない」

「承知」

「じょ、上皇さま……」

言われてようやく頭中将が言葉を取り戻した。

「な、なぜ、こちらに」

頭中将が顔色を変えた。

「息子のようなものぞ、権中納言は。親が子を訪ねるのは不思議でもなんでもなかろう」

後水尾上皇が答えた。

「なぜ、今」

「…………」

機が悪すぎると言った頭中将に、後水尾上皇が無言で口の端を吊《つ》りあげた。

「天が知るとき、人が知る。悪事は露見するものよ」

蒼白《そうはく》になった頭中将に後水尾上皇が告げた。

「上野介」

「はっ」

手を伸ばした後水尾上皇に、三郎は膝行《しっこう》で近づき、奉書を捧《ささ》げた。

「……哀れよな」

奉書を確認した後水尾上皇が嘆息した。

「本来就くべきではなかった至高の座に未練が出たか。無理もないが、それをしてはならぬのが主上というものなのじゃ」

後水尾上皇が首を横に振った。

「権中納言……いや、多治丸よ」

官名でなく、幼名を呼ぶことで、後水尾上皇は公ではなく、私の話だと近衛基煕に伝えた。

「どうぞ」

近衛基煕がうなずいた。

「父としての慈悲じゃ、許してくれよ」

「麿はなにも見ておりませぬ」

頭は下げないが、真摯《しんし》な目で願った後水尾上皇に近衛基煕が了承を返した。

「…………」

後水尾上皇が一気に奉書を縦に引き裂き、さらに細切れにした。

「三郎」

「承知」

私の場となっている。近衛基熙が三郎と呼び、応じた三郎が、細切れになった奉書を一つ残らず、集めた。

「侍従、なにをしておる」

唖然としているお付きの侍従を後水尾上皇が急《せ》かした。

「はっ、えっ」

なにをしていいかわからないのか、侍従が戸惑った。

「上野介」

侍従の態度に情けないと首を左右に振った後水尾上皇が三郎に命じた。

「承りましてございまする」

一礼した三郎は、奉書だったものを用意されていた手焙《てあぶ》りのなかへと焼《く》べた。

熾火《おきび》のようになっていた手焙りの炭が赤くなり、あっという間に奉書は煙りとなった。

「あああああ」

頭中将がそこで吾を取り戻し、大声をあげた。

「平らにせぬか、上皇さまの御前であるぞえ」

近衛基熙がみっともない姿をさらした頭中将を叱り飛ばした。

「……あっ」

注意された頭中将が息を呑んだ。

「いや、上皇さまとはいえ、主上の奉書をあのように扱ってよいものではございませんぞ」

頭中将の論も正しい。

主上はただ一人、対して上皇は法皇という名称に変わった者を含めて、数人同時に在り得る。

「奉書……はて」

近衛基熙が白々しく首をかしげた。

「なにを言う、そこなる者が燃やした……」

「上皇さま、ご覧に」

「見ておらぬの」

頭中将の反論を近衛基熙は後水尾上皇へと向け、後水尾上皇は否定した。

「な、なにを……そうじゃ、侍従どのよ、貴殿は主上の奉書が……」

「………」

後水尾上皇のお付き侍従がそっぽを向いた。

「……ええい」

思い通りにならない頭中将が、ふと部屋の隅で這《は》いつくばったままの弾正尹を思いだした。

「弾正尹どの」

歓喜の籠《こ》もった声で頭中将が弾正尹を呼んだ。

「知らぬ、知らぬ。麿は畳の目を数えておったでおじゃる」

弾正尹が頭をあげることなく、弱々しい声音で応えた。

「そんなああ」

最後の砦《とりで》はすでに墜《お》ちていた。

それを目の当たりにした頭中将が愕然《がくぜん》となった。

「愚か者ども」

後水尾上皇が立ちあがった。

「すでに朝廷は確立している。摂家に生まれた者は、関白、摂政に、大臣家に生まれた者は内大臣《ないだいじん》、左大臣《さだいじん》、右大臣《うだいじん》に、羽林家《うりんけ》に生まれた者は、近衛中将、侍従、大納言に。これを営々と繰り返して来た」

「それでは、生まれですべてが決まりましょう。能があっても下役に甘んじなければばなりませぬ」

「そちに出世するだけの能があるかどうかは別にしてだ、変える意味はどこにあると申すか」

軽く嫌味をこめながら、後水尾上皇が問うた。

「澱《よど》んだ流れを動かすことで、朝廷の力を強くできましょう」

「なるほど、有能な者が朝廷の舵《かじ》取りをすると」

「さようでございまする」

後水尾上皇の同意を得られそうと感じたのか、頭中将が勢いを増した。

「さすれば、武家によって簒奪された天下も朝廷のもとに取り戻せましょう。そう、正しき姿に世が……」

「ほう、幕府を倒すと」

酔ったような頭中将に後水尾上皇が訊いた。

「はい」

頭中将が首を縦に振った。

「武家から天下を取り返す。それはよいの。ところでどうやって幕府を討伐する。まさか、武家から政を取りあげる戦に武士は遣えまい。それは徳川幕府を倒したが、島津《しまづ》幕府が、毛利《もうり》幕府ができることを招く」

「それは……そう、朝廷に忠誠を誓う武士を」

「かつての武士は我らの荘園を守る家人であった。それが押領をして力を付け、ついに天下を奪ったと孤は知っておるが、そちの学んだ歴史では違うのか」

「………」

おもしろそうな顔で尋ねた後水尾上皇に頭中将が黙った。

「武士は遣えぬ。遣えば、二の舞を演じるだけじゃ。となれば、朝廷独自の力で武家を倒さねばならぬ。おおっ、そうか。孤が不明であったわ。頭中将、そちのような武官どもが剣を持って戦場へ出向くのじゃな」

頭中将は近衛中将である。武官としてはさほどの高位ではないが、戦場で一手を預かるくらいはできる。

「わ、わたくしが戦場へ……」

頭中将が震えた。

「有能なのであろ」

後水尾上皇が嗤った。

「………」

「心配いたすな。そち一人で行けとは言わぬ。弾正尹も付けてやろう」

言葉を失った頭中将に後水尾上皇が追い打ちをかけた。

「ひっ。辞しまする。辞しまする。家督も息《そく》に譲り、隠居いたしまする」

死んでこいと言われたに等しい弾正尹が嫌だとわめいた。

「見捨てられたの、頭中将」

「わたくしも辞したく」

嘲笑を浮かべた後水尾上皇に、頭中将が額を畳に押しつけて詫びた。

「主上をそそのかしたそちを、誰が許す。孤は許さぬわ。この痴《し》れ者めがっ」

「……ひくっ」

殺気と威を籠めた一喝を喰《く》らった頭中将が気を失った。

第二章　何重もの罠《わな》

一

吉良左近衛少将義冬《きらさこんえのしょうしょうよしふゆ》は、城内巡回の役目に出ていた。

高家《こうけ》は旗本の役職のなかで最高位に位置する。これは高家が名門の末で、与えられる官位が老中《ろうじゅう》に匹敵する従四位《じゅしい》という高位であるというのと、すべての大名、旗本に礼法礼儀を指南するからであった。

つまりは礼儀の師匠である。

だからといって、直接高家に礼儀礼法を学ぶ者は少ない。

「このたび嫡男として、公方《くぼう》さまへのお目通りが叶《かな》うことになりましてございまする。是非ともご指導をいただきたく」

まれに挨拶《あいさつ》の品と束脩《そくしゅう》ともいうべき金を持って指南を求めてくる者もいるが、大名や旗本のほとんどは、親や親戚などから城中での振る舞い方を教わるだけで登城してくる。

「背筋が曲がっておる」

「指先の形がなっておらぬ」

当たり前ながら、十分な練習も積んでいない。そういった連中を咎《とが》めるのも高家の仕事であった。

「本日は主が、ご指導をいただきましたそうで……」

注意された大名、旗本はあわてて高家へ家老《かろう》や用人《ようにん》を寄こす。

「これからもよしなに願い奉りまする」

家老や用人は、贈りものの定番である白絹を一反と家格に応じた金を置いていく。ようは、今後は見て見ぬ振りをして欲しいという要望であった。

「うむ。主どのに所作はゆっくりとなされよとな」

ばたばたしていては目立つ。ゆっくりと動けば、途中でまちがっていると気づいても修正が利く。

城中巡回は、体のいい小遣い稼ぎであった。

「左少将《さしょうしょう》どの」

吉良義冬が呼び止められた。

城中巡回は表の奥でおこなう。出入り口に近いほど小役人の場になり、指南したところで金にはならないからだ。

御用部屋に近いところで、高家肝煎《きもい》りの巡回を止めるだけの権を持つ者は少ない。

「……これは肥後守《ひごのかみ》さま」

振り向いた吉良義冬は相手を確認するなり、深く腰を折った。

吉良義冬に声をかけたのは、三代将軍家光《いえみつ》の弟で四代将軍家綱《いえつな》の補佐をしている会津《あいづ》藩主保科《ほしな》肥後守正之《まさゆき》であった。

「少しよいかの」

保科肥後守が、近くの空き座敷を見た。

「はい」

老中ではないとはいえ、大政参与《たいせいさんよ》と呼ばれ、幕政のほとんどを把握している保科肥後守に否やを言える者などいない。

吉良義冬は諾々と従った。

「ここでよかろう」

保科肥後守が空き座敷の奥へ陣取った。

「もっと近《ちこ》う寄れ。そこでは話が遠い」

二間（約三・六メートル）ほど離れたところに腰を下ろした吉良義冬を保科肥後守が手招きした。

「はっ」

吉良義冬が立ちあがって、近づいた。

「外へ漏れたところでどうということではないが、坊主どもに話題をくれてやることはない」

お城坊主がここぞとばかりに聞き耳を立てていることを保科肥後守は知っていた。

「仰せのとおりでございまする」

いろいろなことに耳をそばだて、そうして手に入れた噂話をあちこちに売って歩くお城坊主のことを吉良義冬も嫌っていた。

「前置きは抜きじゃ」

「どうぞ」

いきなり用件に入るのは、礼儀としてはよろしくないが、長々と無駄な刻《とき》を喰《く》うよりはましである。吉良義冬が首肯した。

「嫁をもらえ」

「上野介《こうずけのすけ》にでございまするか」

保科肥後守の発言に吉良義冬が確認した。

「おぬしに今さら嫁は要るまいが」

あきれた顔で保科肥後守が応じた。

「息《そく》に妻をご紹介くださると」

「うむ」

「ありがたいことでございまする」

吉良義冬が感謝した。

嫁を紹介するのは、仲人となるとの意思表示でもある。将軍の叔父《おじ》で幕政最高の実力者たる保科肥後守との縁は、高家肝煎りの吉良としても喉《のど》から手が出るほど欲しい。

「ではよいのだな」

「かたじけなし」

念を押した保科肥後守に吉良義冬が頭《こうべ》を垂れた。

目通りが叶うか叶わないかていどの小旗本や御家人ならば、好いたほれたで嫁取りしても問題はない。それこそ町人の娘を妻にしてもいい。

しかし、大名、千石をこえる大旗本となると男女の感情が入る隙間はなかった。婚姻は家と家のものなのだ。とくに名門を看板としている高家こそ妻となる女の血筋にこだわらなければならなかった。

「高家にふさわしからず」

あまりに身分違いの家柄から正室を迎えると、生まれた子の家督相続に待ったがかかる。

高家は血筋が家職だけに、町民や小旗本の妻は許されなかった。だからといって、公家《くげ》の妻もむつかしい。幕府が朝廷との間を取り持つ者として抱えている高家が、妻の実家に引き寄せられては困る。

かなり高家の縁組は面倒であった。それを保科肥後守がやってくれる。言うまでもなく保科肥後守の面目もある。みょうな家との縁を結ぶことはない。

「うむ」

満足そうにうなずいた保科肥後守が、より一層声を潜めた。

「上杉弾正大弼《うえすぎだんじょうだいひつ》の姫をと考えておる」

「おおっ」

聞いた吉良義冬が思わず声を漏らした。

上杉家は米沢《よねざわ》三十万石の外様《とざま》の大大名である。戦国の軍神としていまだ讃《たた》えられている上杉謙信《けんしん》の想いを引き継ぎ、尚武《しょうぶ》の気風で知られている。豊臣《とよとみ》の天下において徳川《とくがわ》と敵対し、関ヶ原《せきがはら》の合戦の端緒となって百二十万石あった領土を大きく減じられたとはいえ、その名前は燦然《さんぜん》と輝いていた。

「余に任せてくれるの」

「もちろんでございまする」

吉良義冬が保科肥後守の言葉に、感激した。

百二十万石から三十万石へ減じられ、その内証は決して裕福ではないとわかっているが、それでも四千石の旗本を援助するくらいは容易《たやす》い。

すでに借財にまみれている吉良家としては、なによりの相手であった。

「……さて」

一拍おいて、保科肥後守が雰囲気を変えた。

「上野介をなんのために京《きょう》へやった」

「…………」

いきなり問われた吉良義冬は油断していた。

「隠しおおせるとか、ごまかせるとか思うなよ」

すかさず保科肥後守が止《とど》めを刺した。

「……畏《おそ》れ入りましてございまする」

吉良義冬は降伏した。

「申せ」

「少し前のことでございまするが……」

命じられた吉良義冬が、近衛基熙《このえもとひろ》の江戸《えど》下向のことから話した。

「そのようなことがあったか。報告をいたさなんだことは論外であるが、よくぞ近衛さまをお守りした」

保科肥後守が咎めと褒賞を相殺すると言った。

「そのおりに近衛さまより、いつなりとて屋敷へ参れとのご諚《じょう》を息が賜りまして……」

吉良義冬が続けた。

「いつなりと……むうう。それは大事ぞ」

そのことに保科肥後守がうなった。

高家と五摂家《ごせっけ》の接点は、朝廷へ年賀祝賀しあるいは除目《じもく》申請使として幕府から指名されて上洛《じょうらく》したときだけというのが普通であった。

公家と高家のかかわりは希薄であるべき、それが幕府の考えであった。でなければ、高家なんぞ上洛用に一家、江戸城内の礼儀礼法の指導に二家、念のための予備一家もあればいい。現実はそれよりも多い。一つの家が上洛する回数を減らし、公家との付き合いを薄くする。情などからむことがないように隔意を持たせることに理由があった。

その幕府の考えを近衛基煕と三郎《さぶろう》は崩した。

「申しわけもございませぬ」

権力者の機嫌が悪くなる。これほどまずいことはない。

吉良義冬が頭を垂れた。

「…………」

謝罪する吉良義冬を無視して、保科肥後守が思案をし続けた。

「……いや」

少しして、保科肥後守が口を開いた。

「利用できるか」

保科肥後守が呟《つぶや》くように言った。

「左少将」

「なにようでも仰せつけられませ」

吉良義冬が従順な姿勢を見せた。

「近衛さまのこと、今後他言は許さぬ」

「心得ましてございまする」

釘《くぎ》を刺された吉良義冬が首肯した。

「上野介が江戸へ帰り次第、余の屋敷へ来させよ」

「早速に使者を……」

「無用じゃ」

呼び返すための使いを出すと言いかけた吉良義冬を保科肥後守が制した。

「所司代《しょしだい》にさせる」

「京都所司代さまに……」

保科肥後守の言葉に吉良義冬が驚愕《きょうがく》した。

「とうに京都所司代の牧野佐渡守《まきのさどのかみ》は、上野介が上洛していることを知っておるわ。もっともその報《しら》せは、余のところで止めておる」

三郎が京にいることをどうやって知ったかを保科肥後守が述べた。

「……はい」

吉良義冬が肩身を小さくした。

「そなたは知るまいが、なかなかの活躍振りだそうだぞ。佐渡守が感心していたわ」

保科肥後守の機嫌が回復した。

「……あやつはなにを」

吉良義冬が頭を抱えた。

二

目付《めつけ》立花主膳正《たちばなしゅぜんのかみ》は、箱根《はこね》峠で三郎を縛させるために走狗《そうく》郷原一造《ごうはらいちぞう》を送り出しただけでは満足しなかった。

「二の矢、三の矢を用意してこそ、勝利は吾《わ》が手にできる」

立花主膳が一人思案に入った。

目付は旗本の監査と城中の静謐《せいひつ》、城下の安寧を任としていた。

「大名の監察を止めよ」

三代将軍家光《いえみつ》のとき、大目付《おおめつけ》が多くの大名を改易したことで、大量の牢人《ろうにん》が生まれ、それにより四代将軍家綱《いえつな》の就任直前軍学者由井正雪《ゆいしょうせつ》による謀叛《むほん》が起こった。正確には未然に防がれたのだが、それでも幕府に衝撃が走ったのは確かであった。

「牢人の増加を抑えるべきである」

老中たちは手柄欲しさに働き続けた大目付を掣肘《せいちゅう》し、実務を取りあげて名誉職へと変えた。

そうなると大名は野放しになる。

「かならず執政に確認せよ」

やむを得ず、老中たちは監察を役目としている目付に、大目付の権の一部を代行させた。千石ていどの旗本なら大名に遠慮するだろうと考えたのだ。

「我らこそ、天下の監察じゃ」

しかし、目付は舞いあがった。

「我ら以外の監察は許さぬ」

目付が次に欲しがったのが高家の持つ礼儀礼法監察であった。

「お渡し願いたい」

「断る」

目付の要求を高家は一蹴《いっしゅう》した。

当然であった。高家は名門とはいえ、役人である。役人は己《おの》が権益に手を出されることを極端に嫌がる。ましてや、権益を寄こせなど論外であった。

「譲ってくれるならば、高家を礼儀礼法のことで目付が咎めることはしない」

「ふざけたことを申すな。目付ごときに礼儀礼法のなにがわかる」

目付の譲歩も高家は鼻で笑った。

まだ表立ってはいないが、高家と目付の間に諍《いさか》いはあった。

その一策として立花主膳正は三郎を目標としていた。

「肝煎りの吉良左少将を落とせれば一番なのだが……」

立花主膳正は苦悩した。

目付というのは互いも監察する。他の役職が出世のために足を引っ張り合うことはあっても、他所からの攻撃には一致団結するのとは違っていた。

監察という嫌われる役目だけに目付の出世は難しい。もちろん、目付から京都町《まち》奉行《ぶぎょう》、大坂《おおさか》町奉行、長崎《ながさき》奉行などへと立身していく者もいる。

だが、ずっと目付で終わる者も多い。これは他人のあら探し、他人の揚げ足取りをするとして目付という役目が嫌われていることが原因だった。

目付に任じられるのは名誉であった。公明正大、俊英だと認められたにひとしいからであった。

言いかたを変えれば、目付は優秀だと自負した連中の集まりであり、矜持《きょうじ》が高い。

「目付に逆らうことは、謀叛と同等」

さらに酷《ひど》い考えをする者も出てきた。

「目付こそ、御上に貢献する。目付を経験した者を重用すべきである」

そう公言している。

されど先ほどの理由から目付の立身は望み薄、となればより派手な手柄を希求するのが人というもの。

立花主膳正は、その手柄として高家を押さえこむというのを選んだ。

「吉良だけを相手にせずともよいか」

高家は吉良だけではなかった。

「だが、肝煎りでもない高家を一つ膝下《しっか》に置いたとしても、弱い」

肝煎りは組頭ではないが、それなりの力を持つ。

「少なくとも三家は要る」

権益の問題となるとそれでも少ないが、半数近い高家が話題になれば無視はできなくなる。

「どうすればよいか」

立花主膳正が思案にふけった。

保科肥後守との密談を終えて、高家の詰め所も兼ねる芙蓉《ふよう》の間へ戻った吉良義冬を、他の高家が微妙な目で見た。

「……なにかの」

吉良義冬が首をかしげた。

「左少将どのよ。肥後守さまとお話をなされていたようじゃな」

高家の一人品川内膳正高知《しながわないぜんのかみたかゆき》が直截《ちょくせつ》に問うた。

「………」

今の今の話をなぜ知っていると無言で吉良義冬が詰問した。

「お城坊主よ」

「……やはりか」

品川内膳正の答えに吉良義冬が嘆息した。

「差し支えなくば、どのような話をしたか聞かせてもらいたい」

「さほどのことではないぞ」

吉良義冬が首を横に振りながら、周囲を見た。

「…………」

上杉宮内大輔長貞《うえすぎくないたいふながさだ》、土岐土佐守頼勝《ときとさのかみよりかつ》、戸田土佐守氏豊《とだとさのかみうじとよ》らが、あからさまな興味を見せていた。

「当家にかかわることでござれば」

話すほどのことではないと吉良義冬が拒んだ。

「高家にかかわることではござらぬのかの。昨今、目付がなにやら愚かなことを企《たくら》んでいるようじゃ。そのことではないか」

まだ疑い深い顔で今川《いまがわ》左近衛少将が尋ねた。

「それではござらぬ」

もう一度吉良義冬が否定した。

「まちがいなく我らのお役目にはかかわりないことだと言われるのだの」

しつこく今川左近衛少将が食い下がった。

「さすがにくどいぞ、左少将どの」

同じ役職、そして同じ足利《あしかが》家の支流、吉良と今川は一門といえる系譜を持つ。それだけに互いを意識し合っていた。

「落ち着かれよ、左少将どの」

どちらに向けたのか、両方へ向けたのか、上杉宮内大輔が割って入った。

「むっ」

「これはっ」

礼儀礼法を家職とする高家が声を荒らげて言い合う。それも城中でとなると、いろいろ問題になる。

上杉宮内大輔の仲裁に吉良義冬、今川左近衛少将の二人が気まずそうな顔をした。

「吉良左少将どの、どうであろう。お話をいただけまいか。このままでは今川左少将どのも引っこみがつきますまい」

「当家のことだと申しておる」

話したほうが後々の悪感情を呼ばないと勧めた上杉宮内大輔に、吉良義冬が難しい顔をした。

「わかっておりまする。しかし、高家が一枚岩でなければならぬときに、要らぬ疑念を残されるのはいかがと」

上杉宮内大輔が重ねて促した。

「高家の間にひびが入る、遺恨が残る。それはたしかによくはござらぬの」

「おわかりいただけるか」

告げた吉良義冬に上杉宮内大輔が喜色を浮かべた。

「で、当家がそれで損害を蒙《こうむ》ったときの償いはいかがなさる」

「償い……」

吉良義冬に睨《にら》まれた上杉宮内大輔が息を呑《の》んだ。

「家の事情だと何度も申した。それをあえて聞き出そうというのだ。当然、そちらもなにかを差し出すのが筋というものであろう」

「それは……」

上杉宮内大輔が詰まった。

「待て、左少将どの」

今川左近衛少将が口を挟んだ。

「先ほどから家のこと、家のことと言われているが、それが正しいという保証はどこにござる」

信じられぬと今川左近衛少将が言った。

「余が偽りを口にすると」

「肥後守さまと別室で密談。これで家のことと言われても信じられぬわ」

今川左近衛少将が凄《すご》む吉良義冬に言い返した。

「宮内大輔どの、おわかりだな」

「……………」

吉良義冬に見つめられた上杉宮内大輔が苦い顔をした。

「ここで余が肥後守さまとのお話をしたところで、それが真実だと信じられるのか」

「……………」

目つきを一層冷たいものにして吉良義冬が尋ねた。

「言ってみればいい」

今川左近衛少将が言った。

「ほう」

「真実かどうかは、こちらが判断する」

声を低くした吉良義冬に今川左近衛少将が言い放った。

「それはいかぬぞ、今川左少将どの」

さすがにあきれた上杉宮内大輔が今川左近衛少将を制した。

「なにがいかぬ」

頭に血が昇った今川左近衛少将が上杉宮内大輔へ訊《き》いた。

「真実でも、貴殿が認めなければ偽りになる。これでは話を聞く意味がないであろう」

上杉宮内大輔がため息を吐《つ》いた。

「気に入った答えが出るまで、ずっと偽りだと言い続けるのであろう」

吉良義冬が馬鹿にした。

「ふん、とにかく話をいたせ」

「…………」

まだ言いつのる今川左近衛少将に吉良義冬が沈黙した。

「今川左少将どの」

大きく上杉宮内大輔が嘆息した。

「巡回にいかれてはいかがか」

上杉宮内大輔が今川左近衛少将と吉良義冬を引き離そうとした。

「まだ、聞いてはおらぬ」

今川左近衛少将が首を左右に振った。

「くどうござるぞ」

「むっ。では宮内大輔どのは気にならぬのか」

「ならぬとは申さぬが、礼儀というのがございましょう」

たしなめた上杉宮内大輔が今川左近衛少将に同意を求めた。

「もうよい」

大きな息を吐きながら吉良義冬が口を開いた。

「まったく、私事、しかもまだ決まっておらぬことゆえ、あきらかにしたくはなかったのだが……」

吉良義冬が小さく首を横に振った。

「…………」

たちまち吉良義冬に高家の注目が集まった。

「上野介への縁談でござる」

「ご子息が婚姻をなされると」

吉良義冬の答えに上杉宮内大輔が目を大きくした。

「肥後守さまの姫さまか」

今川左近衛少将が息を呑んだ。

「…………」

それに対し吉良義冬がなにも言わなかった。

「肥後守さまの姫……旗本に輿入《こしい》れされるわけはないぞ」

黙っていた戸田土佐守が思わず口にした。

保科肥後守は二代将軍秀忠《ひでただ》の四男である。その娘は秀忠の孫、御三家よりも将軍に近い。

将軍の姫というのは、ほとんどが大大名あるいは御三家、一門へと嫁ぐ。かつて後水尾《ごみずのお》上皇に秀忠の娘和子《かずこ》が中宮として入ったが、生まれた男子がすべて変死するという羽目になり、以降、将軍の娘は朝廷へ輿入れをしなくなっている。

将軍の娘を正室に迎えることで改易や転封などを避けたいと考えている大名は多い。さすがに将軍の娘は数が少ないし、家綱には子供がいない。正確にはいたが長男は死産、長女は流産してしまった。

御三家の娘も要望を満たすだけはいない。

保科肥後守の娘がどれだけ貴重なのかは、言うまでもなかった。

「どれ、今川どのが参られぬなら、もう一度一巡りいたすとするか」

吉良義冬が巡回をすると出ていった。

「……まさか」

「ありえぬ」

残された高家たちが顔を見合わせた。

「上野介に肥後守さまの姫が……」

「大名でも与えられぬ栄誉だぞ」

上杉宮内大輔と土岐土佐守が唸《うな》った。

「肥後守さまには、何人の姫がおられたか」

「たしか、八人だったはず。夭折《ようせつ》なされた方もおられるが、長女さまは米沢の上杉に、四女さまは加賀《かが》の前田《まえだ》どのとの婚姻が約され、そして五女さまは老中稲葉《いなば》美濃守《みののかみ》さまが嫡男どのとの間に婚約ができたと聞いた」

高家は大名同士の婚姻にも式次第監督あるいは、式礼法指導としてかかわる。大名、とくに大大名の姻戚関係には詳しかった。

「待たれよ」

土岐土佐守の説明に上杉宮内大輔が手をあげた。

「どうした宮内大輔どの」

戸田土佐守が怪訝な顔をした。

「土佐守どののお話に苦情を申し述べるつもりはないが、保科肥後守さまの姫はそのお三方を除いて、皆亡くなっているはずじゃ」

婚姻を司《つかさど》るということは、葬式も扱うということでもある。

他に娘はいないはずだと上杉宮内大輔が述べた。

「お届けになっていないだけであろう」

今川左近衛少将がそれに応じた。

「生母の身分が低いか……あり得るの」

上杉宮内大輔が手を打った。

大名の奥にも格式はあった。正室を頂点に、江戸へ人質代わりに残らなければならない正室に代わって、国元での閨《ねや》を預かる国御前、大名が寵愛《ちょうあい》する側室、大きくわけてこの三つがあった。妻にも格付けがあれば、子にもある。一応、幕府は徳川家康《いえやす》の考えに従って長子相続を旨としているが、これは正室の産んだ男子の間の話であった。

長男でも側室腹ならば、末子の正室の子に負ける。家の都合や政略で婚姻を結ぶのが大名や旗本なのだ。もし、正室をないがしろにすれば、妻の実家と仲違《なかたが》いをすることになる。それでは婚姻を結んだ意味がなくなってしまう。

言いかたは悪いが、側室は正室に子ができなかったときの備えであった。

無論、生まれた子供が次の当主になることもありえるため、側室といえども家中でも有力な家臣の娘、旗本の次女、三女などそれなりの家柄の女が選ばれた。

それだけなら問題はなかった。

残念ながら男というのは、しかたのないもの、ふとした気の迷い、つい興奮して、女中や目に付いた下女に手を出してしまうときがある。

たった一度のことでも男と女、できるときはできる。こうやってできた子供にはとても家督を譲るわけにはいかないし、公子として遇するわけにもいかなかった。

せいぜい、家中の信頼できる者に預けて養育させ、将来はその家を継がせる、あるいは降嫁させる。

ようは幕府へ届けることもない、表沙汰《おもてざた》にできない子供、そこまでいくと高家が知らなくても無理はなかった。

「それでも肥後守さまの姫には違いない」

他の子女に比べれば、身分としては劣るが、吉良家へ嫁がせるときには保科家の姫として届出る。

「……吉良を立身させるためではないか」

今川左近衛少将の一言に、高家たちが動きを止めた。

三

弾正尹《だんじようのいん》と頭中将《とうのちゆうじよう》は後水尾上皇の前で平伏していた。

「咎め立てて欲しいか」

後水尾上皇が問うた。

「なにとぞ、なにとぞ」

「ご慈悲をたまわりたくお願いを申しあげまする」

二人が泣くような声で嘆願した。

後水尾上皇から朝廷へ話がいけば、二人とも無事ではすまない。

「朕は知らぬ」

後西《ごさい》天皇に救いを求めようにも、天皇に罪をなすりつけることはできなかった。

なにより、誰も天皇を裁けないのだ。

二人に残されたのは、完全に降伏して後水尾上皇の言うことを聞くか、家ごと潰《つぶ》されて九族追放されるかの二択、いや、実質は一択であった。

「ならば、ここでおとなしくしておれ」

「屋敷で身を慎めでは……」

後水尾上皇の指図に頭中将が驚いた。

「ふん、そのようなまねをしてみよ。どこと連絡を取るかわかったものではないわ」

「そ、そのようなまねは」

鼻で笑った後水尾上皇に弾正尹が血相を変えた。

「そなたたちの仲間づれが蠢《うごめ》くだろう」

「…………」

後水尾上皇に指摘された二人が沈黙した。

「多治丸《たじまる》、見張りを任せてよいな」

「もちろんでございまする。のう、上野介」

近衛基熙が後水尾上皇の指示に首肯した。

「いや、上野介は借りるぞ」

「なんと仰せで……」

「……はあ」

後水尾上皇の言葉に近衛基熙が呆然《ぼうぜん》とし、三郎は間の抜けた声を出した。

「この侍従《じじゅう》だけでは心許《こころもと》ないでの」

後水尾上皇が供してきた侍従を見た。

「そんな……」

「ああ、そちに不安とか不満があるわけではないぞ。これから敵地へ乗りこむのだ。いかにそちが剣の遣い手であろうとも、多数には敵《かな》うまい」

愕然《がくぜん》とした侍従を後水尾上皇がなだめた。

「上野介兼侍従、孤《それがし》の供をいたせ」

「…………」

後水尾上皇に命じられた三郎が、どうしたらいいかと近衛基熙を見た。

「断れるわけなかろう」

近衛基熙があきらめろと告げた。

「平八郎《へいはちろう》と申したな」

続けて後水尾上皇が小林《こばやし》平八郎へ声をかけた。

「そちはここに残り、多治丸とこの二人を守れ」

「はっ」

主である三郎が拒めないのだ。小林平八郎は従うしかなかった。

「では、参ろうぞ」

「どちらへ」

立ちあがった後水尾上皇に近衛基熙が尋ねた。

「御所じゃ」

後西天皇のもとへ向かうと後水尾上皇が口の端を吊《つ》りあげた。

男より女のほうが、いざというとき肚《はら》をくる。

「ここまで来ておきながら」

公家に呼び出された狐と呼ばれた勾当内侍《こうとうのないし》が唇を噛《か》んだ。

「主上さまにお話をしてくれへんか」

「さっきまで頭中将はんがお目通りしてたわ」

手を打ってくれと言った公家に勾当内侍が言った。

「おおっ。さすがじゃの」

天皇の奥向きを差配する勾当内侍は女官の実力者である。下手な大納言《だいなごん》や中納言《ちゅうなごん》よりも朝廷のなかで力を持っていた。

「奉書を賜ったそうじゃえ」

勾当内侍が告げた。

「ほ、奉書……」

あまりの大事に公家が絶句した。

「いや、これで安泰でおじゃるな」

公家が安堵《あんど》の顔をした。

「甘いぞえ」

勾当内侍が首を横に振った。

「なにがでおじゃる」

「近衛　権中納言《ごんのちゅうなごん》が奉書に従うかの」

怪訝な顔をした公家に勾当内侍が述べた。

「主上の奉書であるぞ。いかに近衛といえども逆らえぬ」

公家があり得ないと声を大きくした。

「静かにせぬか」

勾当内侍が公家を抑えた。

「ここは他人目《ひとめ》に付かぬところじゃが、大声を出しては興味を持つ者が出てくるではないか」

「すまぬ」

叱られた公家が詫《わ》びた。

朝廷の風紀は乱れていた。女官と公家の密会など日常茶飯事であり、昼日中から嬌声《きょうせい》が響くことも珍しくはなかった。

そして、そういった密《みそ》かごとほど、他人の興味を惹《ひ》く。

「声が……」

誰と誰がそういう仲になっているのかというのを知るのも、公家にとっては武器になる。

「勾当内侍どのと随分お親しいようでおじゃるな」

「………」

多くの者がやっているというのは、言いわけにもならない。御所内は権威ある場所で、その風紀は守られていてしかるべきなのだ。

「調べをいたす」

御所には幕府から朝廷の目付役として禁裏付《きんりづき》が出されている。五摂家には遠慮するが、それ以外は気にせず、禁裏付は公家を取り調べる。

「謹慎を申しつける」

京都所司代が禁裏付の取り調べ次第では出てくる。

「隠居せよ」

そうなっては朝廷に幕府の口出しをさせるという前例、いやすでに慣例となっているものが当たり前になってしまう。となれば、他のことでも公家を咎め出す。

表沙汰になる前に片を付けなければとして、問題となった公家は朝廷から隠居を命じられる。表舞台からの退場、これは面目を大事にする公家にとっては大きい。

どっちにせよ、碌《ろく》な目には遭わない。

それでも密会を続けるのが、人の業ではある。

欲望なのか、己は絶対に失敗しないという保証のない自信か、かなりの数の公家や女官が見つかっても、密会はなくならなかった。

まあ、それだけ御所には他人目を忍ぶ場所があるということでもある。

「とりあえず、奉書のことを見守るでよろしいの」

公家が落ち着きを取り戻して、言った。

「なにを生ぬるいことを。五摂家ともなると奉書を無視することも厭《いと》わぬぞ」

勾当内侍が首を横に振った。

過去、五摂家は天皇の意を無視したり、ねじ曲げたりしてきた。

政の実権を失った朝廷において、天皇の権は小さい。

「では、どうする」

「勢子《せこ》を雇う」

「……勢子を」

公家が意味がわからないと首をかしげた。

勢子とは狩りのときに獲物を森や草むらから追い出す役目の小者《こもの》をいう。獲物によってやり方は変わるが、銅鑼《どら》を叩《たた》いたり、大声を上げたり、狩り場を走り回ったり、場合によっては火を焚《た》いて出た煙を扇《あお》いだりして、狩人《かりゅうど》のいるところまで追い出す。

「近衛屋敷の周りで騒ぎを起こさせれば、他人目が集まりましょうぞ。そうなれば、なにかをしでかそうとしても目立ち過ぎ、できなくなるはず」

「勢子とは逆じゃな。出さぬようにするとは」

「その辺は気にするところやおまへんな」

苦笑する公家に同意を得られたと理解した勾当内侍が口調を和らげた。

「では、任したぞえ」

「ま、待ちやれ」

立ちあがろうとした勾当内侍を公家が制した。

「まだなんぞ」

勾当内侍が首をかしげて見せた。

「勢子を雇う金は」

公家が露骨な無心をした。

「女から金を取る気かえ」

すっと勾当内侍が目を細めた。

「ないのじゃ、金が」

「冗談を……」

「先ほども話したであろう、無頼を遣ったと。その金は麿《まろ》が出したのじゃ」

「無頼を五人や十人雇ったところで、それほどたいした金になるまい」

勾当内侍が疑いの目を向けた。

「そのへんにたむろしている雑魚《ざこ》なら小粒でも雇えるけどな、京の裏で名の知れた連中を五人から遣《つこ》うたんや。十両から吹き飛んだわ」

泣きそうな顔で公家が述べた。

公家は家格の割に禄《ろく》が少ない。五摂家でようやく二千石内外、大臣家や名家などだと数百石、それ以下となると二百石もあればいい。自前の荘園を持っているとか、芸事の免状発行の権や、有力大名との強い縁などがあれば、そこから収入や合力《ごうりき》をもらえるが、幕府から与えられている朝廷領に頼っていれば、表高の四割しか実収入は認められない。ようは幕府の旗本と同じ扱いである。たとえ五百石あったところで、実収入は二百石、金にすれば百八十両ほどにしかならないのだ。そこから家臣、従者の禄、家格に応じた衣装や付き合いを出せば、残るのは年収の三割ていどになる。その三割で生活をしなければならない公家にとって十両は大金であった。

「十両くらいで、昇殿できる公家が泣くかえ」

勾当内侍が嘆息した。

「勢子を十人ほどやったら二両もあればたりるやろ」

二両は銭にして八千文、十人で割れば一人八百文になる。人足を一日雇って二百文ほどということを考えれば、かなりの高額になった。

「そんな端金《はしたがね》で近衛家に脅しをかける者《もん》が洛中におるか」

公家が叫んだ。

近衛家の勢力は朝廷だけでなく、京、いや天下に及んでいる。近衛家に地下人《じげにん》が下手なまねを仕掛ければ、まちがいなく首が飛ぶ。

「……人数を減らせば」

「減らしたら効き目が薄うなる」

人数を減らせばどうにかなるだろうという勾当内侍に公家が首を横に振った。

「……むうう」

勾当内侍でも数が有利を生み出すくらいのことはわかる。

「…………」

「なんとか工面してくれ」

恥も外聞もなく、黙りこんだ勾当内侍に公家が頼んだ。

「御所の金は融通でけへん」

「当たり前や。そんなんばれてみい。我らは終わりじゃわ」

公家があわてた。

「二両……」

勾当内侍が悩んだ。

「後で弾正尹、頭中将にも言うて、返すゆえな」

「しかたない。ちと局《つぼね》に戻って取ってくる」

大きくため息を漏らして勾当内侍が出ていった。

「奉書と勢子があれば、安心じゃ」

公家が期待を口にした。

「かならず、返しや」

念を押した勾当内侍から受け取った金を持って、公家がふたたび京洛《きょうらく》の闇へと向かった。

四

江戸は人の数が多い。それも参勤交代で江戸へ出てくる武士は単身が決まりであったり、地元で喰えずなんとか一旗揚げようと出てくる百姓の次男、三男などがそのほとんどを占めることもあり、独り者ばかりであった。独り者の男が欲しがるものは、飯屋、酒屋、博打場《ばくち》、そして遊女屋であった。そうなると自然と、その店を取り仕切る無頼が出てくる。江戸は簡単にそういった連中と接触ができる。

一方、京ではどうだったか。

言うまでもないが、京にも江戸と同じく、飯屋、酒屋、博打場、遊女屋はあった。

しかし、大きな違いは独身の男がさほど多くないというところにある。

京にも諸大名の屋敷はあった。だが、江戸と違ってすべての藩が屋敷を持っているわけではなかった。京に生涯縁のない奥州《おうしゅう》や羽州《うしゅう》、関東《かんとう》などの大名は屋敷を京に置くだけの意味を感じていない。また、参勤交代と違い、京屋敷の藩士は基本在住になる。また、江戸のように天下の城下町としての発展をしている最中ならば、仕事も多いため人が集まりやすい。

それが京にはない。

そのうえ京には坊主がかなりの数いる。生臭な坊主もいるが、ほとんどは敬虔《けいけん》に修行を重ねている。

他に公家は京にしかいない。貧しい公家はそもそも遊びに出ることができないし、出られたとしても顔を知られれば家名にかかわってくる。

祇園《ぎおん》、先斗町《ぽんとちょう》、島原《しまばら》などを差配する無頼もいるが、その数と規模は江戸に比べるほどではなかった。

「無茶、言わんとってんか」

もっとも古い島原を仕切る無頼の親方が横を向いた。

「なにが無茶や」

御所から徒歩で島原に来た公家が気色ばんだ。

高位の公家は自らの足で移動しない。絶対ではないが、牛車《ぎっしゃ》あるいは輿《こし》を使う。

どちらも使用には、家格あるいは朝廷もしくは幕府の許可が要った。

いわば公家の誇りでもあるが、どちらも遅い。牛車は言うまでもなく、人が運ぶ輿も徒歩より遅い。輿で急げば人の歩くよりは速いが、担ぎ手がしっかりと足並みをそろえないと乗っている者を落とすか、良くとも酔わせる。とても急ぎには向いていなかった。なにより目立つ。

碌でもない策を弄《ろう》しに行くのだ。公家がお忍びになるのは当然であった。

「先日もお求めに応じて人を出しました。それがどないです。うちの奥の手とも言うべきやり手が五人、一人も戻ってきてまへん。あれだけの連中を集める、育てるのにどんだけ金がかかっているか、おわかりでっか。まったく大損ですわ」

「そちらの納得するだけの金を払ったはずや。こっちこそ文句言いたいわ。金返せとの」

公家も言い返した。

「ええ、度胸や」

不意に親方の雰囲気が剣呑《けんのん》なものになった。

「…………」

荒事になれていないとはいえ、公家は外面を取り繕うのが生来の気性、いや本能である。公家は怯《おび》えをかろうじて顔には出さなかったが、束帯のなかに隠した手は震えていた。

「こっちも納得したうえで金を受け取って出したんや。いまさらあいつらの命代を出せとか、これからの損をまどえとは言わんけどな、使い捨ててええと甘《あま》う考えてんねんやったら……」

「そんなつもりはおじゃらぬ」

真剣な表情で公家が否定した。

無頼というのは、世間から人扱いをされない。もともと普通の生活になじめなかった、法度を破ったなどの理由で、正道からずれた連中である。当たり前のことができない、受け入れられないのだ。法度を破るのが仕事のような無頼なのだ。公家や武士に対する畏れや手出しをしたらどうなるかといった恐怖を持っていない。ひとつ歯車がずれれば、ここで公家が殺されることもある。

「病で療養をいたしておりましたが、薬石効なく」

名前を重んじる公家が無頼に殺されたとか、悪所で死んだとか、口が裂けても言えるはずはなく、病死という形を取る。そうしないと家が潰れてしまう。

それを無頼もわかっている。従三位《じゅさんみ》だ、正一位《しょういちい》だとかは、無頼になんの躊躇《ちゅうちょ》も与えることはなかった。

「今度は危なくない。近衛屋敷から出てくる者がいれば、その者に主上のご意志を無にするのかと罵《ののし》ってくれるだけでええ」

「あの五人でさえ勝てなかった相手や。そんなことをしたら……」

「声さえ聞こえたらええ。遠巻きでええんや。いや、どちらかというと近衛の縁者やのうて、そのへんにいてる連中に聞こえるようにしてくれたらええ。危なくなったら逃げても文句は言わへん」

親方の危惧《きぐ》に公家が告げた。

「それやったら、人死には出えへんか」

聞いた親方がうなずいた。

「腕は要らん。口さえあればええ」

「そのへんの小僧でもできる仕事やな」

「そうやけど、近衛の名前に驚くような者はあかん」

子供に小遣い銭をやってもなんとかなるやろうと嗤《わら》った親方に公家が首を左右に振った。

「そらそうやな」

親方が苦笑した。

「金はこんだけ用意した。これでできるだけの人数を出してくれ」

「二両か。これで人数そろえろと。ほんまに子供の使いやな」

小判を二枚手にして親方がため息を吐いた。

「一日か」

「今日の日が落ちて一刻（約二時間）まででええ」

「ふうん。今からならば三刻（約六時間）ほどやな」

公家の条件に親方が少し考えた。

「それやったら、使い走りを八人」

「せめて十人は欲しい」

「ほな、他所《よそ》さんへどうぞ」

あっさりと親方が二両を返してきた。

「頼む。長いつきあいやろ」

公家が情に訴えた。

「寝言はご勘弁を。こういった商売は金だけがつきあいでおまっせ」

大坂商人の口調で親方が公家を嘲弄《ちょうろう》した。

「……………」

　公家が黙った。

　だからといって京都町奉行へ売るという脅しは使えなかった。こういった無頼ほどしっかりと町奉行所にも食いこんでいる。女でも金でも町奉行所の与力《よりき》、同心《どうしん》を籠絡《ろうらく》する手段には事欠かないのだ。

「このような輩《やから》がおることをご存じでおじゃるかの」

　ならばと京都町奉行に直訴したところで、実際に動く与力、同心が敵のようなものでは情報は筒抜けになる。

「見せしめじゃ」

　当然、誰が売ったかはわかっている。

「某少納言《しょうなごん》は、島原の太夫《たゆう》に尻《しり》を叩かれて悦に入ってるらしい」

「河内守《かわちのかみ》はどこどこの博打場で負け続け、二百両をこえる借財を造り、娘を島原へ渡したそうや」

　報復が始まる。

　一度でも闇とかかわった者は、身体のどこかに色が染みつく。その色を消すには、かなりの痛みを容認しなければならなかった。

「……八人で頼む」

公家が折れた。

「まいど」

親方が二両を引き寄せた。

島原から今出川御門《いまでがわごもん》は少し離れている。それでも夕七つ（午後四時ごろ）には勢子の手配はできあがっていた。

表に出せない仕事ほど迅速、的確でないと顧客の信用は得られない。一度でも雑な対応をしてしまうと次の仕事は回ってこなくなる。もとより看板を出したり、金棒引きを使って、客引きをできる商売ではない。

「あいつに頼めばなんとかなる」

「きっちりと仕事をしてくれる」

こういった評判が次の仕事、すなわち金を呼ぶ。

「あかん、使いものにならん」

「獲物を逃がした」

そして悪評ほど広がりは速く、その影響は大きい。

顧客を失う。それは後ろ盾をなくすと同様であり、そうなった無頼はたちまち勢いを失う。

「好機やな」

「落ち目なあいつに代わって、わいが……」

遊郭、博打場、闇仕事、どれをとっても金に繋《つな》がる。その儲《もう》けを狙っている者はどこにでもいた。

「仕事はまじめにせんなあかん」

闇は大きくなればなるほど、誠実になる。

「……若」

後水尾上皇の近くという圧力に耐えかねた小林平八郎は、機を見て警戒に出るとの名分で三郎の側を離れていた。

その小林平八郎が目つきを鋭くして戻ってきた。

「どうした」

三郎が後水尾上皇をはばかって、小声で問うた。

「周囲に……」

「小声で話すな。うっとうしいぞ」

耳ざとく小林平八郎の報告を悟った後水尾上皇が割りこんだ。

「若さま……」

小林平八郎が泣きそうな顔をした。

「……お言葉に従おう」

三郎が両手をあげた。

「ほう。館《やかた》の周囲にそぐわぬ者どもがおると」

小林平八郎の話に後水尾上皇が口の端を吊り上げた。

「頭中将、そなたの策か」

「と、とんでもございませぬ。おそらくは少納言か、勾当内侍のものかと」

これ以上後水尾上皇の怒りを買うのは、石を抱いて清水《きよみず》の舞台から飛び降りるようなものだ。

頭中将はあっさりと仲間を売った。

「面白い」

後水尾上皇がにやりと嗤った。

「上皇さま、なにをお考えに」

近衛基熙が懸念を覚えた。

まさに後水尾上皇は、近衛屋敷を出て御所へと向かうところだったのだ。そこへ得体の知れぬ連中の登場となれば、とても喜ばしい状況ではない。

なのに後水尾上皇が気を高ぶらせている。

近衛基熙でなくとも不安を抱いて当然であった。

「孤の邪魔をする者を、孤が咎めるのは当然であろう」

後水尾上皇は、なにを怖れていると首をかしげた。

「まさか、上皇さま御自ら……」

近衛基熙が気付いた。

「降りかかる火の粉は、払わねばなるまい」

「と、とんでもないことでございまする」

平然と嗤いを浮かべている後水尾上皇に、近衛基熙が驚愕した。

「まさか、尊き御身が刃を……」

「正しき霹靂《へきれき》である」

天罰だと後水尾上皇が返した。

「なりませぬ」

顔色を変えた近衛基熙が、後水尾上皇を諫《いさ》めた。

「御身に血の汚れを招くなど、臣下として決して認められるものではございませぬ。権中納言、この命に代えてもお止めいたしまする」

「多治丸よ。矢玉が飛んできても、そなたは孤になにもするなと申すのだな」

「させませぬ。吾が身をもって盾となしまする」

近衛基熙が必死に首を横に振った。

「見事なり。で、そなたが倒れた後はどうなる」

「えっ」

褒められたはずの近衛基熙が、後水尾上皇の追撃に面食らった。

「もちろん、そなたの代わりをなす者が続こう。だが、それらもすぐに尽きる。そうなれば、孤の身はどうなる」

「御身に傷を負わせるような者はおりませぬ」

後水尾上皇の問いに近衛基熙が答えた。

「なれば、盾は不要じゃの」

「…………」

誰もが畏れ入って平伏していれば、後水尾上皇を襲う者など出てくるはずもない。

近衛基熙は思わず沈黙した。

「畏れながら」

三郎が口を開いた。

「上野介か。許す」

後水尾上皇が発言を認めた。

「万一のことあれば、我らは天下に顔向けができませぬ」

「ほう。そこもとは武家よな。武家でもそう思うのか」

「はい」

確認された三郎が首肯した。

「幕府で申さば、孤は大御所であるな。大御所は危難に遭《お》うたとき、刀を抜かぬと」

「それは……」

武家の根本は戦う者であり、将軍あるいは前の将軍たる大御所はそのさいたる者でなければならない。

「お立場が違いまする」

言葉遊びをしている場合ではないと三郎が苦言を呈した。

「まちがえておるぞ、上野介」

後水尾上皇が近衛基熙と足並みをそろえて諫言《かんげん》する三郎を見た。

「我ら皇《すめらぎ》の祖、神武《じんむ》帝は自ら東征をなされ、まつろわぬ者どもを平らげこの地の礎を作られたのだ」

一度、そこで後水尾上皇が言葉を切った。

「すなわち、朝廷こそ、武である」

一言ずつ区切るように、後水尾上皇が宣した。

わずかな金とはいえ、その日を生きるのに必死な連中にとっては慈雨であった。

「親方に言われたようにせんと」

小悪党もまじめでなければ、生きづらい。

「あいつは来まへんでした」

「いてましたけど、一番後ろでじっとしてましたわ」

こう言われれば、次の仕事からは省かれる。なにせ代わりはいくらでもいる。

「わいの言うたこともでけへんのかいな」

親方を怒らせれば、その縄張りにはいられなくなってしまう。

「なにしに来た」

なら他の親方のもとへといったところで、無駄飯食いを受け入れてくれるところはない。

「よし、いくでえ」

配置についた勢子たちが、両手を顔に添えて大声を出した。

「近衛はんのところに奉書が出たでえ」

「奉書や奉書」

「従わなあかんなあ」

勢子たちが周囲に聞こえるように騒いだ。

「なっ」

声は屋敷まで届き、さすがの近衛基熙も絶句した。

「ふん、面《つら》憎いことをいたす」

後水尾上皇が目をすがめた。

「そちの策か」

「いえ、いえ」

頭中将が血の気の引いた顔で首を強く左右に振った。

「となると……こういった嫌らしい手ができるのは……」

「勾当内侍」

思案しだした後水尾上皇に弾正尹が答えを出した。

「なるほどの。だてに女官、女御《にようご》の頭をしておらぬか」

後水尾上皇が納得した。

朝廷で女官の取りまとめというか、最高の地位になるのは天皇の正室たる中宮であった。

そもそも中宮は天皇の奥を司る役目であった。それが女帝が続いたことで有名無実となり、いつのまにか、皇后の別名となった。

中宮こそ皇后、それ以外の妻はその名で呼ばれることはない。それだけに中宮を出すことこそ家門の誉れとして、長く藤原《ふじわら》氏の間で娘をそうしようと争いが続いた。内々で争う。

これほど力を落とすことはない。

武士の台頭、公家の遊興なども大きな要因ではあるが、朝廷の権威失墜の原因の一つはこれであった。

その後、長く中宮を立てることを朝廷はしなかった。

勢力争い、お家騒動を反省してというわけではなかった。ただ、中宮を立てるだけの費用が朝廷にはなくなっていたのだ。

朝廷にとって、もっとも重要な儀式はいうまでもなく、即位の大礼である。天皇が退位あるいは死亡した場合、跡継ぎたる皇太子が高御座《たかみくら》につく。こうして皇太子は正式に天皇になる。

次が大葬の礼、死した天皇を陵《みささぎ》に納めるための儀式である。

この二つはなにをおいても、おこなわなければならない。

しかし、長い戦乱は朝廷御領の押領を招き、その財政を悪化させた。

事実後土御門《ごつちみかど》天皇は、大葬の礼をおこなうだけの金がなく、死後四十余日も放置されたままであったし、その後を受けた後柏原《ごかしわばら》天皇にいたっては、じつに二十一年もの間即位の大礼をおこなえなかった。

それほど逼迫《ひっぱく》している朝廷に中宮を立てる余裕はなく、代々女御という側室扱いの者を設けることで耐えてきた。

その絶えて久しい中宮を後水尾上皇は迎えた。

天下を獲《と》った徳川家が、皇統にその血を入れるために金を出したからであった。

まさに中宮は飾りであった。

そして長く不在であった中宮に代わって、朝廷の奥を差配したのが勾当内侍であった。

「馬鹿ではできぬ。また、野心がなくばなれぬ」

後水尾上皇が嘆息した。

「姑息《こそく》なまねをする」

近衛基熈の評判を落とす、そして騒いでいる連中を押さえるために人手を割かせる。そのやりようを後水尾上皇は嫌った。

「多治丸、上野介、供をいたせ」

もう一度後水尾上皇が腰を上げた。

「上皇さま……」

近衛基熈が唖然《あぜん》とした。

「ここに孤が来ていることを考えもせぬ。そのていどの浅知恵、一蹴してやるわ」

「お鎮まりを」

弾正尹、頭中将の策略を知ったとき以上の怒りを露《あら》わにした後水尾上皇を、近衛基熈がなだめようとした。

「聞かぬぞ、多治丸。これを放置していては、そなたが軽んじられる。近衛が侮られる。それは朝廷を軽視するのも同然。これを幕府がしたならば、孤も我慢するが、摂家に遠く及ばぬ者どもの仕業じゃ。朝廷という木によって守られ、生かされている。このことを忘れ、幹に斧《おの》を入れるようなまねを許すわけにはいかぬ」

後水尾上皇が強く言った。

「断じなければ、朝廷は、天皇家は終わるぞ」

「朝廷が終わる……」

近衛基熙が後水尾上皇の厳しい言葉に息を呑んだ。

「そなたも朝廷の藩屏《はんぺい》ならば、戦え」

「はっ」

公家の頂上がそう言われて立たなければ、それこそ朝廷は末期である。

近衛基熙が覚悟を見せた。

第三章　両皇対峙《たいじ》

一

近衛《このえ》屋敷を囲んでいる勢子《せこ》たちの騒ぎは当然野次馬を集めた。

「ええ根性しとんなあ。相手は近衛はんやで」

野次馬が懸念を口にした。

「わたいらも巻き込まれんように気いつけなあかんな」

「ここは御所内《うち》やで。町奉行所《まちぶぎょうしょ》は手出しでけへん」

別の危惧《きぐ》を漏らした野次馬に、別の野次馬が手を振った。

「あほう、違うわ。御上やないわ。弾正台《だんじょうだい》や」

御所のなかは弾正台の範疇《はんちゅう》になる。

「弾正台なんぞ、怖くはないわ。あいつらなんもでけへんやろ。弾正台が悪人を捕まえたという話を聞いたことあるか」

「ないけど……」

鼻息の荒い野次馬に気弱な野次馬が応えた。

「安心して見てたらええねん。弾正台が来たところで、あいつらも手柄にもならんわたいらなんぞ捕まえもせんわ。せいぜい六尺棒を振り回して、大声出すだけや。棒にあたらんようにさえしとけばええ」

「たしかにそうやなあ。ほな、楽しもか。これだけの見世物がただやしな」

野次馬が本腰を入れた。

そのなかに島原《しまばら》を縄張りとする親方が混じっていた。

「紋太《もんた》や、雉次《きじつぐ》らは裏の遣い手や。まともな剣術なんぞで対応できるわけはない。その遣い手が五人もいっぺんにやられるなんぞ、どれほどの奴を近衛は抱えているんや」

親方は興味を持ってここまで足を運んだ。

遊郭にはいろいろともめ事が生まれる。

「商いを守ったるから、金を出せ」

「金を出さなければ、見世を破るぞ」

親方の縄張りだと知らない素人のような連中は、その日のうちに鴨川《かもがわ》に浮く。

「その妓《おんな》は拙者のものだ」

「なにを言う。この妓は吾《わ》が相手じゃ」

一人の遊女を巡って武士が争うことも多いが、これも、

「お家の名前をあきらかに」

主家に持ちこむぞと言えば、そそくさと消える。

「明け渡せ」

問題は、親方の縄張りと知って奪いに来る者と、

「妓を助け出す」

遊女の手練手管を本気だと信じた田舎から出てきたばかりの武士であった。

縄張りを奪いに来る者とは戦うしかない。遊女屋を二軒渡すだとか、毎月十両の金を出すなどと引くことはしてはならない。こういった連中は親方を含めて、引いた分だけ出てくる。それこそ一歩が将来の十歩になる。

「片付けろ」

戦いは長脇差での切った張っただけではない。それこそ、夜中に相手の宿を襲う、すれ違いざまに匕首《あいくち》で刺す、遠くから弓で射貫《いぬ》くなどあらゆる方法を採る。こんなときに雉次、紋太は役に立った。

「静かにな」

遊女を人質に立てこもった田舎武士を片付けるのも容易《たやす》くしてのける。天井裏から忍び寄って、上から奇襲する。あるいは食事の差し入れに見せかけて、膳《ぜん》裏に隠した小刀で刺し殺す。

建てるときから太刀を振り回せないように、天井を低くしたり、廊下を狭くしたり、梁《はり》をわざとむき出しにしたりしている。その狭いなかこそ、紋太たちの本領発揮の場所なのだ。外で一対一となれば、闇は表の武術に勝てはしない。しかし、狭く、太刀を自在に遣えない屋内となれば、話は逆転する。

それこそ闇一人で剣客二人でも三人でも仕留められた。

その闇の遣い手が五人、誰一人として帰ってこなかった。

「三人で十分やと思っていたが、五人でも足らんとは……読みを違《たが》えたなあ」

親方が嘆息した。

「隠居の時期かの」

「気弱なこと、言わんとっておくれやすな」

そっと左によりそっている婀娜《あだ》な年増《としま》が親方に身を寄せた。

「まだまだお若いやおまへんか、昨日も……」

婀娜な年増が頰を染めながら、親方の脇腹をつねった。

「痛いがな、なにをすんねん」

親方がにやけた。

「……そうか、まだ若いか」

表情を親方が引き締めた。

「ほんに」

婀娜な年増がうなずいた。

「おまえと二人、伏見《ふしみ》辺りに家でも購《こ》うて、女中の一人も雇うてやなあ、毎日酒を吞《の》んで物見遊山に出かけるくらいの金はもうあるぞ」

楽隠居できると誘った親方に、

「そんなもん、今でもできてますし」

変わらないと婀娜な年増が首を横に振った。

「いいや」

親方が首を横に振った。

「隠居してしまえば、命狙われんですむで」

「…………」

言われた婀娜な年増が動きを止めた。

「大人しゅう余生を楽しめますかえ」

間を空けることなく、婀娜な年増が訊《き》いた。

「わかるかあ」

親方が苦笑した。

「十五歳から御側にいてますよって、親方はんのことならなんでも」

「女ちゅうのは怖ろしいもんやなあ」

「身を任すんでっせ」

嘆息する親方に婀娜な年増が艶《つや》っぽい笑みを見せた。

「なら、見逃さんようにせんとな」

親方が顔を近衛家の門へと戻した。

まさか後《ご》水尾《みずのお》上皇を最初に門から出すわけにはいかない。

「御前、ご無礼」

三郎《さぶろう》が後水尾上皇の前に立った。

「武家らしい態度である」

後水尾上皇が珍しがった。

侍従《じじゅう》はその名前のとおりに、従い侍《はべ》るものであり、基本は後ろに控える。少なくも後水尾上皇、あるいは随伴の高官からの指示なしで位置を変えることはなかった。

「ここにあるのかも知れぬの、朝廷の衰退は」

ちらと後水尾上皇が近衛基熙《もとひろ》を見た。

「…………」

否定は後水尾上皇の見識を疑うことになり、同意は朝廷の衰退を五摂家《ごせっけ》が認めることになる。近衛基熙は沈黙を選んだ。

「やれ、多治丸《たじまる》も小賢《こざか》しくなったわ」

後水尾上皇が苦い顔をした。

「平八郎《へいはちろう》、後ろを」

「承知」

後水尾上皇と近衛基熙を間に挟むと指示して、三郎が門を出た。

「なんや、武家が出てきたで」

気づいた勢子が三郎を指さした。

「許す」

後水尾上皇が冷たい声で言った。

「はっ」

一礼した三郎は刀の鞘《さや》に添えられている小柄《こづか》を投げた。

小柄は紙を切ったり、傷んだ柄糸のほつれを整えるための小刀ともいえない薄刃の小さな刃物である。刃渡りはおよそ三寸（九センチメートル）で、金属あるいは木でできた柄を持つ。手裏剣のように羽の部分に重心があるわけではなく柄が重いため、まず投げてもまっすぐは飛ばない。

三郎はその小柄を勢子に向けて大きく弓なりの軌道をもたせて投げた。

「あっ、痛っ」

頭に落ちるように小柄を喰《く》らった勢子が苦鳴を漏らした。

「なんやっ……わあ、刃物や」

勢子近くで見物していた野次馬が小柄を見つけた。

「ひゃあ」

「刃物やで。逃げな」

たちまち野次馬が騒いだ。

「……つう、え、刃物……」

小柄を頭で受けた勢子が、顔色を変えた。

「わずかな銭でやってられるか」

勢子が命惜しさに逃げ出した。

「あいつは出入り禁止や」

「はい」

親方と婀娜な年増があきれた。

「他の連中は……」

残った勢子に親方が目を向けた。

「奉書をどないしたんや」

「主上のお気持ちを無にする気らしいな」

勢子たちが教えこまれた台詞《せりふ》を繰り返していた。

「やっておるわ」

親方が満足そうに言った。

「なんとかの一つ覚えじゃの」

その様子に後水尾上皇がため息を吐《つ》いた。

「あれこそ使い走りという証《あかし》でございまする」

近衛基熙も首を横に振っていた。

「いかに御所内は通り抜け御免とはいえ、あのような者を入れるなど、衛門《えもん》どもはなにをいたしておるか」

後水尾上皇が不満を口にした。

「門を潜るときは普通にいたしておったのでございましょう。さすがに門の前からあの有様ではございますまい」

近衛基熙が衛門をかばった。

「当たり前じゃ。孤《それがし》が言いたいのは、今《いま》出《で》川《がわ》の衛門どもはこの様子を見て動かぬことを嘆いておる」

近衛の屋敷は今出川御門と接している。つまりはこの騒動を今出川御門を守る衛門たちは見ているのだ。それでいてなにもしない衛門たちに後水尾上皇は怒りを覚えていた。

「それはまことに」

かばいようがない。近衛基熙も首肯した。

「……いない」

その話に三郎が今出川御門を見た。いるはずの衛門の姿がなかった。

「見ていなかった、気づいてなかったと、あとで言いわけをするために番小屋のなかで耳を塞《ふさ》いで、目を閉じておるのよ」

独り言のような三郎の声に後水尾上皇が反応した。

「それでは、外からの侵入を止められませぬ」

「御所の門を破るようなやからはおらぬと思いこんでいるのよ。応仁《おうにん》のころは毎日のように荒武者どもによって荒らされたのだが、それを忘れたようじゃ」

後水尾上皇が鼻で嗤《わら》った。

「なさけない」

三郎があきれはてた。

「もっともの。応仁のころは衛士さえ逃げ出して、門は開きっぱなしだったという。それに比べれば、まだ詰め所におるだけましかも知れん」

笑いとも悲しみともつかない表情で後水尾上皇が述べた。

「このまま御所へ向かいましょうや」

近衛家から御所までは、二丁（約二百メートル）ほどである。

「面倒な輩《やから》が混じっているやも」

野次馬でどれが敵やら、無害やらがわからなくなっていた。近衛家の屋敷を襲った連中とのかかわりが濃いだけに三郎は懸念を表した。

「平野《ひらの》権中納言《ごんのちゅうなごん》」

近衛基熙が家宰の公家《くげ》を呼んだ。

「お傘を」

後水尾上皇に傘を差し掛けよと近衛基熙が平野権中納言時量《ときかず》に指示した。

「はっ」

傘も格式であり、朝廷からの許しがなければ差せないが、五摂家ならば持っていて当然であった。

「矢除《やよ》けか」

すぐに後水尾上皇が近衛基熙の意図に気づいた。

「まず弓矢を持ち出すことはございますまいが……」

弓、鉄炮《てっぽう》、手裏剣などの飛び道具は幕府によって厳しく管理されている。万一、飛び道具で後水尾上皇を狙ったなどとなれば、それこそ幕府が面目にかけて捜し出す。

後水尾上皇は二代将軍秀忠《ひでただ》の娘婿、三代将軍家光《いえみつ》の義兄弟、四代将軍家綱《いえつな》の義理の叔父《おじ》なのだ。いわば将軍の身内、身分でいけば徳川《とくがわ》家をはるかに凌駕《りょうが》する。

そんな重要人物を狙ったとなれば、謀叛《むほん》以上の罪になる。

「冗談じゃない」

親方も決して引き受けない。

「千両、いや、二千両積まれてもお断りで」

金は生きていてこそ遣える。また、金は受け取る相手がいるからこそ力を発揮する。幕府の手から逃れるために、どこか人里離れた山奥に隠れたりすると金は意味をなくす。

熊や狼相手に金は石ころと同じでしかない。

「念のためでおじゃりまする」

他人目《ひとめ》がある。この公家らしい口調になった。

「愛《め》でよう」

その気遣いを後水尾上皇は喜んだ。

「参るぞ」

「はっ」

三郎が後水尾上皇の命に応じて、歩を進めた。

二

後水尾上皇を守るようにした一行に親方がため息を吐いた。

「あかんわ」

「あきまへんどすか」

婀娜な年増が少しだけ目を大きくした。

「近衛はんやないわ。ありゃあ、もっと大物や」

親方が後水尾上皇を目で指した。

「もっと大物どすか」

誰だろうと婀娜な年増が首をかしげた。

「わからんけどな。あの近衛はんが付き従ってるんや。少なくとも摂関家《せっかんけ》以上やな」

親方が困惑していた。

近衛基煕でさえ、面を晒《さら》して京洛《きょうらく》の町を行くことはないに等しい。ましてや上皇ともなれば、まずあり得なかった。

もっとも豪放磊落《らいらく》な後水尾上皇である。上皇となってからは、物見遊山にも出かけているし、お忍びで京洛を散策したこともあった。

とはいえ、誰もその顔を知らないのだ。公家でさえ、後水尾上皇の顔をしっかりと見たことのあるのは、従三位《じゅさんみ》以上でよほど気を許してもらっていたものでなければ、御簾《みす》越しでの対面になる。

「大儀である」

声もせいぜいその一言が落ちてくればまだいい。

「主上はご満足でおじゃりまする」

ほとんどの場合、側近か、女官が代弁するだけで直接声をかけてもらえることなどない。

つまり、ここにいるすべての者は後水尾上皇の顔を知らなかった。

「しくじったなあ。しゃあけど、もう賽子《さいころ》は投げてもうたし」

親方が後悔を口にした。

「なにをしはったんですえ」

婀娜な年増が訊いた。

「こっちの顔を潰《つぶ》されたままでは、今後にかかわるさかいな。最後の札を切ったんや」

「切り札……梅之助《うめのすけ》先生ですか」

「そうや。近衛はんの首を獲《と》ってくれとな」

闇の者ほど面目や顔を気にする。親方は五人の手下を返り討ちにした近衛基煕への報復をしようとしていた。いや、しなければならなかった。

「先生やったら、大丈夫ですやろ」

「近衛はんの首はな。ただ、本当の的は違ったみたいや」

婀娜な年増の保証を親方も認めた。

「どっちにしろ、もう手遅れや」

親方が野次馬の向こうへと首を伸ばした。

「梅之助はんが出たで」

小柄な牢人《ろうにん》の姿を親方は確認した。

梅之助と呼ばれた牢人は小柄な身体《からだ》に似つかわしくない大太刀を抱えていた。

「子供を殺すのは気が進まんなあ」

梅之助が近衛基熙を見た。

「先に謝っておく。すまぬ。これも生きていくための世すぎでな」

近衛基熙にわずかに頭を下げて梅之助が詫《わ》びた。

「前の武士、次の貴人、そして近衛。三人片付けることになるな。傘持ちは放っといても大丈夫やろう。ただ、最後尾の侍はかなり遣う。あれが出てくる前に終わらさねば」

じわりと梅之助が野次馬の壁に浸透し始めた。

「あと五間（約九メートル）」

梅之助が間合いを計った。

「…………」

小柄な梅之助は野次馬に埋没していた。

また殺しになれた者の常、殺気を直前まで漏らさないのもあり、三郎はまったく気づかなかった。

「近づくでないぞ」

それよりも三郎は野次馬が後水尾上皇に接近することを気にした。

「うるさいやっちゃ」

「押しな、侍が怒るがな」

野次馬たちが文句を言いながらも、後ろへ下がった。

「…………」

その隙間を縫うように梅之助が前に出た。

「あと二人」

野次馬二人の後ろで梅之助が機会を待った。

「……若さまっ」

小林《こばやし》平八郎が叫んだ。

「左手側、柄《つか》が見えておりまする」

「……なんだとっ」

言われた三郎が目を走らせた。

梅之助は小さくとも、太刀が大きかった。野次馬の壁が薄くなったことで、大太刀の柄がわずかながら見えていた。それに小林平八郎が気づいた。

「しくじった」

梅之助が舌打ちをしながら、前の野次馬を突き飛ばして、道を空けさせた。

「な、なにすんねん」

「うわっ」

突かれた野次馬が倒れた。

「……そうれっ」

見つかった以上、気合い声を嚙《か》み殺す意味はない。

戦うときは、声を出した方が力も出る。

梅之助が気炎を吐きながら、大太刀の鞘を捨てて三郎に肉薄した。

「まともに受けてはなりませぬ」

助けに入ろうと駆け寄りながら、小林平八郎が助言した。

「……おう」

大太刀は重く厚い。それが勢いを持って上段から落ちてくるとなれば、受けたところで押し切られるか、もっと悪ければ刀が折れる。

戦いの場で刀が折れれば、それは死に繫《つな》がった。

「くうう」

咄嗟《とっさ》に三郎は刀を斜めに傾け、大太刀の力を流した。

「甘い」

梅之助が手首の力だけでずれた刃筋を正し、薙《な》いできた。

「そっちこそ」

三郎は腰から落ちるようにして姿勢を低くした。

大太刀は自重も加わるため、一撃で真っ向唐竹割りにするのは得意である。さすがに兜《かぶと》ごとというのは難しいが、素面ならば頭蓋骨《ずがいこつ》から背骨まで断ち割るくらい容易い。

だが、利点は欠点に繋がる。

普通の男なら持つことはできても、とても振り回すことはできない大太刀の重さという利点が水平の薙ぎ、あるいは下段からの斬り上げでは不利になる。

水平に薙いだといったところで、その重さで速度は上段からの振り下ろしには遠く及ばない。また、どうしても重さに負けて切っ先が下がってしまう。それは下手をすると己の足に傷を付けかねないだけに、薙ぐときの力具合も変えなければならないのだ。

それを上段からの一撃の重さで悟った三郎は、己が低い位置を採ることで優位に立とうとした。

「こやつっ」

梅之助が力一杯振るった大太刀を止めようと手に力をこめた。

「やあ」

腰を地に着けたままで三郎は刀を突き出した。

「ぐうう」

左太股《ふともも》を突かれた梅之助が体勢を崩した。

「こいつがっ」

太股を斬られれば、その足は体重を支えられなくなる。転びそうになるのを残った足だけで梅之助は防ぎ、三郎へ大太刀を落とそうとした。

「させぬ」

小林平八郎が割りこむようにしながら、太刀を抜き撃った。

「……がはっ」

どちらかといえば大柄な小林平八郎の薙ぎは、小柄な梅之助の喉《のど》を一文字に裂いた。

喉から溢《あふ》れた血が肺に流れ込み、梅之助は己の出血で溺死《できし》した。

「大事ございませんか、若さま」

「尻《しり》が痛いだけだ」

気遣う小林平八郎に、三郎が尻を撫《な》でながら立ちあがった。

「褒めてつかわす」

後水尾上皇が近づいてきた。

「上皇さま、なりませぬ。汚れが」

仙洞御所《せんとうごしょ》から供をしてきた侍従が後水尾上皇を止めようとした。

血は死に続いていく。古来から血は汚れとして忌避され、高貴な人物は血を目にすることさえ控えるべきとされていた。

「ここを通らねば、禁裏へ参れぬぞ。まさか、今出川門を出て外を大回りせよと申すのではなかろうな」

後水尾上皇が苦い顔をした。

「そのようにお願いをいたしたく」

「御所のなかでこれじゃ。外はもっと危なかろう」

供の侍従の懇願に後水尾上皇が危惧があると返した。

「……それは」

言われた供の侍従が顔色を変えた。

「多治丸、どうにかできるか」

「はっ。お任せをいただきたく」

声をかけられた近衛基熙が屋敷へと振り向いた。

「館中の塩と白絹をこれへ」

「はっ」

ようやく門を出たばかりの場所である。大声を出すまでもなく、門番に聞こえた。

「……御所さま」

家の者が塩の入った樽《たる》を抱えてきた。

「血が見えなくなるように撒《ま》け」

「へえ」

小者《こもの》が塩を撒き始めた。

人一人の血はかなりになる。小柄な梅之助でも全身の血液をあわせると三升（約五・四リットル）に近い。樽一杯の塩では足りなかった。

「白絹を敷け」

続けて近衛基熙が命じた。

白絹は贈りものの定番であった。白絹を三反、五反と格式や頼みごとの内容で変える。これは直接金を贈って露骨だと嫌な顔をされないための方法であった。もちろん、白絹は反物としての用途にも使えるが、それを専門に引き取ってくれる業者に渡せば、現金に換えられた。

ようは賄賂《わいろ》なのだが、銭ほど外聞は悪くない。

五摂家筆頭の近衛家には公家だけでなく、官位をあげたい大名、商いの看板として名前を使わせて欲しい商人などが白絹を持って挨拶《あいさつ》に来る。

近衛家にはもらったままでまだ売り払っていない白絹がいくつもあった。

「……おみ足を」

塩の上に白絹を重ね、近衛基熙が後水尾上皇を促した。

「やるの」

白絹は土が付いただけで価値が下がる。土にまみれたり、踏みつけたものなど売りものにはならない。

後水尾上皇が近衛基熙の思い切った行動に笑みを浮かべた。

「こうなればやむなしじゃ。多治丸、そなたも供をいたせ」

総力戦だと後水尾上皇が宣した。

「……あかん」

親方が近衛基熙の行動から、後水尾上皇の正体に気づいた。

「あのお方はんは……」

婀娜な年増も震えていた。

「近衛はんが、あそこまでのことをする相手というたら二人しかいてへん」

指を二本親方が立てた。

「一人は主上や。しゃあけど、主上は禁裏から出はらん」

「……ということは」

色白を通り越して血の気のなくなった顔で婀娜な年増が尋ねた。

「仙洞御所さまや」

「ひっ」

親方と婀娜な年増が二人とも震えた。

「えらいことに巻きこまれた」

「ど、どないします」

狙いは違ったとはいえ、後水尾上皇に危難を及ぼしたのだ。朝廷から京都所司代《しょしだい》へ連絡がいけば、あっという間に親方にたどり着く。なにせ、梅之助の死体という証拠がそこにある。さらに見つかってはいないが雉次、紋太らの死骸《しがい》もどこかにある。

「こいつらは、島原の手下でっせ」

京都町奉行所に出入りする御用聞きのなかには、親方と刺客のかかわりを知っている者もいる。これが普段ならば、金を握らせるだけで黙って知らぬ顔をしてくれるが、後水尾上皇がかかわっているとなれば、話は別だ。吾が身惜しさに遠慮なく売る。

「逃げるで」

「どこへ」

「大坂《おおさか》は近すぎる。所司代の手が届く」

「ほな……」

「江戸《えど》や。江戸へ行けば、所司代の力は届かんし、なにより人が多い。木の葉を隠すなら森のなかというやつや。人の出入りの多い江戸なら、まぎれられる」

「江戸どすか」

「気は進まんけどな。どうも江戸は荒くたいからな。武士が吾がもの顔で闊歩《かっぽ》している姿なんぞ見たくもないけど、しゃあないわ。まあ、五年も大人しゅうしてたら、皆忘れるやろ。そしたら京《きょう》へ帰ってこれるで」

「五年どすか。それくらいやったら辛抱しますえ」

「名所を見て回るだけでもときは過ぎる。箱根《はこね》で湯治をするのもええしな」

うなずいた婀娜な年増に親方が言った。

「そのためには金が要る。さっさと宿へ帰って、今日中に逢坂《おうさか》の関をこえよう。遊んでる間はないで」

親方が婀娜な年増の手を引いた。

三

もちろん、御所での騒動は京都所司代にも報《しら》されていた。

「いかがいたせば」

京都所司代牧野《まきの》佐渡守《さどのかみ》に所司代付属の与力が問うた。

「ほうっておけ」

牧野佐渡守が手を振った。

「よろしゅうございますので」

後々問題になるのではないかと与力が懸念を表した。

「上皇さまと遣《や》り合いたいか」

「身分が足りませぬ」

後水尾上皇を取り調べることができるかと訊いた牧野佐渡守に、与力が目見えもできぬ御家人では近づくわけにはいかないと逃げた。

「儂《わし》は出られぬ」

京都所司代は西国大名の監察だけでなく、大坂以西の諸大名を指揮できる。その権はまさに西国の老中《ろうじゅう》と呼ばれるだけのことはあり、天皇でも気を遣わなければならないのが京都所司代であった。

当然、その出座にはいろいろと面倒な手続きがあった。また、京都所司代が御所に来たとなれば、幕府にも朝廷にも報せはいく。

とても隠密裏《おんみつり》にことをすますわけにはいかなくなる。

「かといって、好き放題にできたと思いこまれるのも業腹である」

「…………」

同意も否定もできない。なにせ牧野佐渡守がなにを言っているのかさえ、与力にはわからなかった。

「杣崎《そまさき》」

「はっ」

名を呼ばれた与力が畏《かしこ》まった。

京都所司代付の与力は牧野佐渡守の家臣ではなく、代々京に住んで役目を果たしている。主従関係にはなく単なる上司と配下にすぎないのだが、幕府も重きを置くだけに決してその命を違えることなく、また手を抜くことはなかった。

なぜならば京都所司代は老中への待機場所と言われる出世の通過点であり、当然ながら配下が手を抜いているかどうかを見抜けないような間抜けはその座に就かない。さらに老中という幕政最高の地位が約束されているにひとしい。

「あやつは……」

老中になってからも与力の名前を忘れずその不満を思い出したならば、まちがいなく報復の鉄槌《てっつい》が落ちる。

「近衛家の屋敷……いや、それは露骨だな。今出川御門を見張り、近衛家に寄宿している武士が出ていくのを確認せよ」

「確認ののちは」

「ただちに余へ報せを出せ。遅滞なくじゃ」

「承知いたしましてございまする」

釘《くぎ》を刺すほどの厳命だと、与力は平伏した。

「近衛さまのおいたには灸《きゅう》を据えねばならぬな」

なにげない口調で牧野佐渡守が述べた。

高御座《たかみくら》から下りた天皇は、人に戻る。

「なりませぬ」

禁裏へ足を踏み入れた後水尾上皇を当番の侍従が手で押し止めた。

「孤の身に触れるとは……」

「押しての参内は、禁じられておりますれば」

無礼を咎《とが》めようとした後水尾上皇に侍従が反論した。

「主上にお目通りを願わねばならぬ」

吾が子とはいえ、相手は天皇なのだ。先々帝といえども皇位を下りた今は敬わなければならなかった。

「主上のお許しを得てから……」

「それでは遅い。上野介《こうずけのすけ》」

「ははっ」

短いながら濃いかかわりを持った。三郎は後水尾上皇の指図をそれだけで理解した。

「なにをっ」

近づいてきた三郎に侍従が焦った。

「何者であるか……かふっ」

見たことのない顔の三郎を誰何《すいか》した侍従がくずれた。

三郎が邪魔をしていた侍従を当て落としたのだ。

「うむ」

満足そうに後水尾上皇がうなずいた。

「…………」

周囲にいた公家たちが、容赦ない後水尾上皇の行動に言葉を失った。

「さて、参るか」

有象無象を無視して後水尾上皇が歩を進めた。

「主上、畏《おそ》れながら申しあげまする」

後西《ごさい》天皇のもとに頭弁《とうのべん》が駆けこんだ。武官の頭中将《とうのちゅうじょう》と同格である頭弁は、蔵人《くろうどの》頭《とう》と少弁《しょうべん》あるいは大弁《だいべん》を兼務する文官出身である。

頭中将と並んで、ときの天皇の腹心とされていた。

「騒々しいの。何ごとか」

後西天皇が不機嫌に応じた。

「上皇さまが、不意参内でございまする」

「……上皇がか」

父でも臣下になる。後西天皇が後水尾上皇を呼び捨てた。

「止めよ」

何を言われるかわかっている。後西天皇が後水尾上皇を通すなと命じた。

「それが、侍従どもはすでに……」

「上皇自ら手を下したか」

おずおずと答えた頭弁に後西天皇が問うた。

後水尾上皇の武芸好みは皆の知るところであった。

「いいえ、上皇さまがお連れの侍従が」

「誰ぞ、その侍従は。朕の命で動くなと伝えよ」

頭弁に後西天皇が告げた。

「それが、初めて見る顔の侍従でございまして」

「初めて見る……そのような侍従がおるか」

後西天皇が首をかしげた。

「なんでもよい、ここへ上皇を……」

「つれないことを仰せになるな、主上」

ふたたび目通りをする気はないと言った後西天皇を後水尾上皇が制した。

「上皇……」

「いかに上皇さまとはいえ、主上のお許しなしの謁見は作法に外れまする。ご遠慮なされよ」

息を吞んだ後西天皇に代わって、頭弁が咎めた。

「……黙れ」

「ひっ」

じっと睨《にら》まれた頭弁が固まった。

「主上と大切な話がある。出て行け」

後水尾上皇が手を振った。

「ま、待て、頭弁は朕の臣下であるぞ。増長である、上皇」

援軍がいなくなるのを怖れたのか、後西天皇が慌てた。

「よろしいのか。孤が来たということがなにを意味するかくらい、おわかりでございましょう」

「…………」

「弾正尹《だんじょうのいん》、頭中将、ともに取り押さえておりまする」

黙った後西天皇に後水尾上皇が止《とど》めを刺した。

「ほ、奉書は」

「そのようなものはございませぬな」

懸念を口にした後西天皇に後水尾上皇がなかったことにすべきだと返した。

「…………」

それでも後西天皇は決断しなかった。

「多治丸、参れ」

「これに」

後水尾上皇が外で控えていた近衛基熙を招き入れた。

「権中納言……」

後西天皇が近衛基熙の登場に目を大きくした。

「参るくらいはおわかりでございましょうに」

後水尾上皇が大きく嘆息した。

「頭弁、出ていけ。でなくば、知らずともよいことを知ることになるぞ」

まだ残っていた頭弁に後水尾上皇が通告した。

「ですが……」

天皇の懐刀が、上皇の指示で席を離れるのは責任放棄になる。

「朕の信頼を預けるにおよばず」

出れば、まちがいなく腹心の座は奪われる。

そして公家には罷免されたならば隠居するという慣習があった。そうすることで個人の範囲に罪を止め、家や跡継ぎに影響が出ないようにする。

いわば、公家としての死であった。

「主上」

後水尾上皇が後西天皇を促した。

「……頭弁、外すがよい」

後西天皇が折れた。

「はっ」

そそくさと頭弁が出ていった。

「上野介」

「承りましてございまする」

命じられた三郎が廊下に出て、近づく者を見張る位置についた。

「……上野介であると」

後西天皇が怪訝な顔をした。

「高家《こうけ》の吉良《きら》が嫡男でございまするよ」

後水尾上皇が説明した。

「なっ、なぜ武家が禁裏に」

「孤の警固」

咎めるような後西天皇に後水尾上皇が冷たく告げた。

「なぜ武家の警固が上皇に要る」

後西天皇が理由を問うた。

「参内するために歩んでいるところを襲われましてございまする」

「馬鹿なっ。上皇を襲うなどあり得ぬ」

後水尾上皇に教えられた後西天皇が驚愕《きょうがく》した。

「奉書がもととなったのよ」

敬意を後水尾上皇が口調から消した。

「……奉書が」

「聞くがよい、秀宮《ひでのみや》」

後水尾上皇が後西天皇を幼名で呼んだ。

「そなたが戯れで口にしたことでも、臣下にとっては勅なのだ。綸言汗《りんげん》のごとしと言われるように、帝《みかど》が発した言葉は取り消せぬ。ましてや奉書などという形の残るものを出すなど論外じゃ。ただの紙切れが天下を動かすことにもなりかねぬ」

「そこまで……」

父親に叱られた後西天皇が言いわけをしようとした。

「聞いてなかったのか、綸言汗のごとしと孤は申したぞ」

「…………」

後西天皇が黙った。

「哀れだとは思う。至高の座に就いたところで、それを我が子に譲ることができぬ。そなたにも子ができた。親というものは、吾が持ちものを子にすべて譲りたいと思うものである。かくいう孤もそうであった。だが、そなたが帝となるときの約定じゃ。識仁《さとひと》が加冠の歳に達したら、その座を明け渡すとの条件で、そなたは帝となった」

「たしかにその通りではございまするが……」

「上が決まりを守らずして、天下の法は保てるか」

「……いえ」

後西天皇が力なく首を横に振った。

「帝がなぜ尊ばれるか、わかっておるか」

「それは神の……」

「はああ」

言いかけた後西天皇に後水尾上皇が精一杯のため息を吐いた。

「帝が国の法の根本だからだ。神だからなどと言うなよ。そうなれば仏はどうする。神と仏とどちらが偉いという論争でもやってみるか」

「…………」

後水尾上皇に論破された後西天皇が口をつぐんだ。

「帝が法。それは帝が何をしてもいいというわけではない。なによりも法を守るのが帝であるとの意味だ。そもそも法とはなにかわかっているか」

「反した者を咎める基準でございましょう」

「一面では正しい。だが、本質ではない。法は弱者を強者から護《まも》るためのものだ。法がなければ、弱肉強食がまかり通る。まあ、武士が天下を獲っている今は空念仏だがな」

己の発言に苦笑を浮かべて後水尾上皇が続けた。

「建前には違いないが、法があることで弱者は強者の無理から守られている。町奉行を思えばわかるはずだ。人を殺した者は町奉行所に追われ、捕縛された後は裁きを受けて、死罪や遠島になる。こうすることで人を殺すことを躊躇《ちゅうちょ》させる。それが法。そして帝はその法の守護者でなければならぬ。帝が発した法だからこそ、天下に効力を発する。これも形骸だが、天下は総《すべ》て帝のものである。幕府の法は大名の領国や寺社のなかには通じぬ。だが、帝の法は違う。この国に住まう者すべてが従わねばならぬ」

「帝の法……」

後西天皇が繰り返すように言った。

「そうだ。その帝の法を帝が破ればどうなる」

「誰も守らなくなりましょう」

「うむ」

後水尾上皇が首肯した。

「それだけならまだよい。帝が法を守らぬ。それは帝のことを民が信用しなくなるということだ」

「民が……朕を信じぬなどあり得……」

「甘いわ。民はものではない。心のある者だ。そして民なくて天下はなりたたぬ。民がいなくなれば、誰が田畑を耕す、誰が家を建てる、誰が機《はた》を織る。一人でできるか。たとえ帝が神だとしても無理であろう」

言い聞かせるように後水尾上皇が続けた。

「帝などといったところで、一人では着替えさえできぬ。帝ほど人に支えられている者はおらぬ。その帝が人の信頼を失ってどうするのだ」

「…………」

後西天皇は沈黙を保った。

「今回は見逃す。そなたの想いも、理不尽だという恨みもわかるゆえの。だが、次はないと思え。上皇としてではなく、親として息子を処す」

後水尾上皇が厳しい声で宣した。

「帰るぞ、多治丸、上野介」

「はっ」

「ははっ」

踵《きびす》を返した後水尾上皇に近衛基熙と三郎が従った。

「……吾が子を皇位に就けた父には、決してわかるまい。中継ぎでしかないと嘲《あざけ》られる帝の辛《つら》さが」

一人になった後西天皇が御簾の陰で歯がみをした。

四

遠く平安の昔から上皇と天皇というのは、仲が悪い。

天皇の地位を譲ったとはいえ、院政を敷いて朝廷を思うがままにしようとする上皇に、親政を目指す天皇がぶつかるのだ。

とはいえ、兵を率いての戦をすることはない。

「大納言《だいなごん》を約束する」

「そろそろ外様《とざま》から内々に移ってもよいころあいじゃの」

条件をもって相手方の公家を引き抜いたり、

「勾当内侍を手込めにしたらしい」

「金で娘を大坂の商人に売ったと聞いた」

悪い噂を流して貶《おとし》めたりする。

ようは公家の戦いは裏に属していた。

「頭中将。休むがよい」

後水尾上皇に負けてすべてをしゃべった頭中将を後西天皇は切り捨てた。

「……………」

敗者にはなにを言う資格もない。頭中将が身を退《ひ》いた。

「そなたに頭中将を」

「浅学非才でおじゃりますれば」

「昨今、体調が思わしくなく……」

新たな腹心を任じようにも、蔵人たちは後水尾上皇を怖れて逃げた。

「頭弁、そなたはどうする」

「わたくしめは、主上の思し召しに従いまする」

今さら逃げたところで遅い。まちがいなく後西天皇が譲位するときに供をする形で引退することになる。

それにあまり率は高くないが、後西天皇が勝利したときは大きな恩恵が待っている。

なにせ後西天皇が勝利したということは、識仁親王ではなく息子に譲位しているのだ。父の腹心、そして己の即位の功臣となれば、それこそ前例のない出世も夢ではなくなる。

「大臣……」

関白摂政《かんぱくせっしょう》は五摂家と豊臣《とよとみ》家だけしか就任できない。太政大臣《だいじょうだいじん》はその目がなくもないが、もともと非常の職であり、豊臣秀吉《ひでよし》がなるまで長く空位であった。

となれば、最高の出世は内大臣《ないだいじん》、右大臣《うだいじん》、左大臣《さだいじん》になる。頭弁の家柄ではまず届かないが、二代にわたる重用を受けるとなれば、手が届く。

そして前例をなによりとする朝廷である。親が大臣になれば、息子もその地位に座れる可能性が高い。

分の悪い賭《か》けではあるが、それでも張るだけの価値はあった。

「よきかな」

後西天皇が喜んだ。

「朕の望みはわかっておるの」

「承知いたしておじゃりまする」

確認する後西天皇に頭弁が首を縦に振った。

「うむ」

満足そうに御簾越しにうなずいた後西天皇が、頭弁を招いた。

「近《ちこ》う、近う」

「ははっ」

礼法通り頭弁が身を縮め、畏れ多いとその場でうずくまった。

「よい、近う」

さっさとしろと後西天皇の声音に苛立ちが含まれた。

「なれば」

主上の機嫌が読めないようでは頭中将や、頭弁は務まらない。

本来は三度の遠慮をすべきを無視して、頭弁が御簾に近づいた。

「上皇が隠れるまで目立つではない」

後水尾上皇の怖ろしさを後西天皇は思い知った。

「その後、一気に進められるよう、人をまとめておけ」

「……はい」

後水尾上皇がいなくなるまでおとなしくしていろと言った後西天皇に頭弁が頭《こうべ》を垂れた。

後水尾上皇は近衛屋敷ではなく、仙洞御所へと戻った。

「大儀であった」

「畏れ入りまする」

「…………」

警固を務めた三郎と小林平八郎がねぎらいに平伏した。

「多治丸」

「なにか」

呼ばれた近衛基熙が後水尾上皇を見上げた。

「おとなしくなるかの」

「当座は」

後水尾上皇の問いに近衛基熙が首を横に振った。

「上皇さまに頭を押さえられたことへのご不満は消えないかと」

「よく見ておるの」

近衛基熙の答えに後水尾上皇がなんともいえない顔をした。

「孤がおる間ということか」

「…………」

後水尾上皇の寿命にもかかわってくる。近衛基熙は無言で応じた。

「さっさと識仁に譲らせるか」

「それは悪手でございまする」

嘆息するように言った後水尾上皇にたおやかな声がかかった。

「和子《かずこ》か」

後水尾上皇が頰を緩めた。

「ま、まさかっ」

三郎が息を呑んだ。

「中宮さま」

近衛基熙がうれしそうな顔をした。

「久しいの、多治丸」

奥から一人で現れたのは、後水尾上皇の中宮和子であった。

「お変わりもなく、慶賀に存じまする」

「若さまっ」

誰かわからない小林平八郎が困惑した。

「上皇さまの御正室、二代さまの姫であられる和子さまじゃ」

三郎が和子のことを語った。

「ひいっ」

小林平八郎が庭石に額をこすりつけた。

「孤のときよりも敬意が強いの」

笑いながら後水尾上皇が皮肉を言った。

「この者どもは」

和子が問うた。

「吉良の嫡男とその従者でおじゃります る」

「……吉良」

和子が小首をかしげた。

「高家でおじゃりまする」

「おおう、そうか。京までご苦労じゃの」

「かたじけなきお言葉」

ねぎらわれた三郎が廊下で恐縮した。

「気に入らぬ。孤のときよりも畏れ入っておる」

「背の君、吉良は徳川の家臣、いわば妾《わらわ》の臣でございまする」

口を尖《とが》らせた後水尾上皇に和子が微笑んだ。

「武家は主家こそ敬うべしか」

後水尾上皇がようやく納得した。

「それよりも、和子よ。さきほどならぬと申したのはなぜじゃ」

最初の発言の意味を後水尾上皇が問うた。

「幕府の介入を招くことになりかねませぬ」

「むっ」

和子の言葉に後水尾上皇がうなった。

「皇統に口出しをする。上皇さまがなさったとしてもその前例を幕府に与えることになりかねませぬ」

「……………」

和子に言われた後水尾上皇が嫌そうな顔をした。

そもそも和子を中宮として押しこんだのも、徳川の血を皇統に入れるためであった。そしてもくろみはうまく進み、後水尾上皇と和子の間に多くの子が生まれた。

「二人の間にできた皇子こそ次の天皇」

幕府はいろいろな方法で皇統を乗っ取ろうとした。

「武家の血など汚れたものを、帝に入れるわけにはいかぬ」

当然、朝廷は反発した。

かつての京を支配した三好長慶《みよしながよし》は朝廷に近づかず、織田信長《おだのぶなが》は利用するだけであり、豊臣秀吉は公家になろうとした。しかし、誰一人として皇統に血を入れようとはしなかった。

それを徳川はしてのけた。

「なんということを」

無事に生まれた和子の産んだ二人の皇子だったが、加冠をする前に続けて急死した。

「ふざけたことをする」

これに後水尾上皇が激怒、幕府へと辛辣《しんらつ》な対応をした。

「あまり無理を仰せになられても」

京都所司代だった板倉伊賀守勝重《いたくらいがのかみかつしげ》が後水尾上皇を脅したとき、

「無礼を申すな」

和子が板倉伊賀守を呼び出して、叱りつけた。

「妾は朝廷と徳川の架け橋となり、天下安寧が続くようにと輿入れ《こしい》した。そなたはそれを無にするというのじゃな」

和子は板倉伊賀守の後水尾上皇への無礼を厳しく咎めた。

「父に願って、そなたを罷免する」

完全に後水尾上皇の妻としての立場を取った和子に、

「愛《う》いの」

後水尾上皇が喜んだ。

これが豪儀な後水尾上皇の気に入り、和子への寵愛《ちょうあい》は深まった。

「帝の味方である」

はっきりと宣した和子に幕府は遠慮を見せたが、

「興子《おきこ》内親王さまを」

それでも面目を保とうとした。

将軍の娘を中宮として入れながら、その子を天皇にしないというわけにはいかなかったのだ。

「女帝ならば」

皇統の慣例で、女帝は独身でなければならなかった。つまりは、興子内親王を天皇としたところで、徳川の血は次に続かない。朝廷も幕府の顔をこれ以上潰すことを避けた。

「憐《あわ》れなり」

後水尾上皇は吾が娘がこれで嫁げなくなったことを惜しんだが、それでも幕府と朝廷の仲違いを長引かせるわけにはいかないと認めた。

これも後水尾上皇と和子の仲を深くした。

多くの女官を閨房《けいぼう》に招いた後水尾上皇であったが、いつも和子を立てていた。

「幕府が恨みを晴らそうとするか」

後水尾上皇が嘆息した。

家康《いえやす》、秀忠の二人が考えた徳川の天下千年の計を朝廷は無にした。殺されたであろう二人の皇子の無念を幕府は忘れていなかった。

「乱れを招かれるとはなにごとか」

後水尾上皇が無理矢理後西天皇を譲位させたとなれば、幕府が口出しをするのはまちがいない。

「幕府に相談なく、譲位、即位を決められるとは遺憾でございまする」

このていどの抗議ならば可愛いものである。

「新たな仙洞御所の建築、上皇御領の指定、譲位の式典、即位の大礼などの費用はお支払いいたしかねまする」

経済が弱い朝廷にとって、幕府の援助は必須である。

「そこをなんとか頼む」

朝廷が幕府にすがる。これで上下ができてしまう。貸し借りと言ってもいい。

「なれば、明正《めいしょう》上皇を還俗《げんぞく》させ、新たな宮家を造られるべし」

幕府の要求はこうなるとわかっている。

後水尾上皇と和子の第一子である明正上皇は、女帝を下りて僧籍に入っている。これは将来にわたって明正上皇を独り者として、その血を残させないためであった。その明正上皇を還俗させて、あらたな宮家とすれば、婚姻をなすことができる。

「過去、女帝となられたお方で婚姻をなされたお人はおられませぬ」

前例を盾に朝廷は抵抗するが、

「即位前とはいえ、持統《じとう》天皇は天武《てんむ》天皇と婚姻をなされ、子も産まれておられるではないか」

幕府も言い返す。

たしかに持統天皇は天武天皇の妻であったが、天皇になったのは夫天武天皇が亡くなってからのことで、それ以降は夫を持っていない。

しかし、それでも婚姻をしていたこと、子を産んでいたことはたしかなのだ。朝廷の金を握っている幕府が強弁すれば、道理を引っこめるくらいのことはできる。そのための貸し借りなのだ。

言うまでもなく、幕府の目的は明正上皇を結婚させ、徳川の血を引いた子を生ませることである。

代を重ねるごとに徳川の血が薄くなるならば、ときどき新宮家に姫を嫁がせればいい。そうしている間に、いつかその宮家から皇統を継ぐ者が出るかも知れない。

もちろん、そう甘くはないだろうが、幕府には金と力がある。やりようはあった。とにかく今のままでは、無理矢理押しこんだ和子の産んだ子供の血を引く孫は生まれないのだ。

「よいのか、和子」

吾が娘が僧籍に入り、生涯独り身であるだけでなく、血を引いた孫を抱くこともできない。後水尾上皇が和子を思いやった。

「はい。孫代わりならば、多治丸という手のかかる者がおりまする」

和子が微笑んだ。

「たしかに、こやつは面倒をかけてくれる」

異論はないなと後水尾上皇も笑った。

「それに上皇さま、わたくしたちはもう世に手出しをしてはなりませぬ。年寄りは年寄りらしく、若い者たちを見守っていればよいのでございまする」

「悪い方向に行くとわかっていてもか」

「はい」

和子が後水尾上皇の懸念にうなずいた。

「これからの時代は、若い者のもの。どのようにするかも若い者どもが決めれば宜《よろ》しゅうございまする。そして、その結果を受け止めるのも……」

「なるほどの」

後水尾上皇が和子の言い分を受け入れた。

「ということじゃ。これ以上、孤は知らぬ」

「かたじけのうございました」

あっさりと宣した後水尾上皇に近衛基熙が深々と礼をした。

「吉良上野介と申したの」

「はっ。お方さまには初めて御意を得まする。吉良左近衛少将《さこんえのしょうしょう》が嫡男侍従兼上野介三郎義央《よしなか》めにございまする」

和子に声をかけられた三郎が平伏したまま答えた。

「甥《おい》は息災か」

「公方《くぼう》さまにおかれましては、ご壮健にございまする」

和子の甥といえば、今の将軍家綱のことだ。

「もう、妾のことは失念いたせと甥に伝えよ」

将軍より上皇の中宮が格上になる。和子が家綱に朝廷への手出しはするなと釘を刺した。

「お言葉、たしかに承りましてございまする」

「妾は朝廷にも幕府にも期待をいたしておらぬ。ただ、上皇さまと添い遂げたいだけ。よいな」

言い残して和子が去って行った。

「…………」

その和子の後ろ姿を後水尾上皇が寂しそうな顔で見送った。

「幕府の都合で嫁がされ、朝廷のつごうで子供を殺された。和子は実家も子にも縁がなかった。あれは孤だけしか見ておらぬ。ならば夫として応じるべきである」

後水尾上皇が辛そうに言った。

第四章　離京の刻《とき》

一

仙洞御所《せんとうごしよ》から近衛《このえ》屋敷に戻った三郎《さぶろう》と小林平八郎《こばやしへいはちろう》は、帰府の用意を始めた。

「もうちょっとおったらええのに」

近衛基熙《もとひろ》が残念がった。

「あまり江戸《えど》を留守にするのはよろしくない」

三郎が近衛基熙の求めを拒んだ。

「いたしかたないの」

近衛基熙がため息を吐《つ》いて、引き留めをあきらめた。

「今度は三郎が、高家《こうけ》として上洛《じょうらく》するときか」

「おそらく。さすがに今回のような抜けはもうできまい」

残念そうな近衛基熙に三郎が答えた。

病気療養という形で領国へ入るという方法は、さほど珍しいものでもなかった。もちろん、大名の正室、嫡男などはよほどのことがない限り二度、三度は認められないが、旗本の子弟や大名家の姫、次男以降ならば許可が出やすい。

だからといって、そうそう再々に国入りはできなかった。

「またも病気療養だそうじゃ」

「蒲柳《ほりゅう》の質《たち》なのだろうが、それでは当主は務まるまい」

武士にとって病弱という評判が付くのはまずい。

「隠居させ、親族から養子を迎えるがよかろう」

幕府からこう言われてしまえば、否やはない。

まさに病気療養で国入りというのは生涯を通じて、一度だけ使える切り札のようなものであった。

「残念じゃの」

「今生の別れではないだろう。当分会えぬならば、書状をかわせばよい」

小さく首を横に振る近衛基熙に三郎が応じた。

「書状が通るかの」

「通ったからこそ、吾《われ》は京《きょう》まで来た」

苦い顔をした近衛基熙に三郎が首をかしげた。

実際、江戸まで近衛基熙の手紙が届いたからこそ、三郎は今回の西上をしたのである。

「状況が変わったであろう」

「変わったか」

三郎が怪訝《けげん》な顔をした。

「わからんか。そなた上皇さまだけでなく主上、中宮さまにもご披見をいただいたのだぞ。さらに京での滞在は近衛の館《やかた》じゃ。そのようなこと老中《ろうじゅう》でもできまいが」

「御上には知られていないはず」

近衛基熙の話を三郎が否定した。

「それほど京都所司代《しょしだい》は、牧野佐渡守《まきのさどのかみ》は甘いか。ならば、朝廷は安心だの」

「…………」

言われた三郎が黙った。

「気付いているならば、なぜ放置されて……」

「そんなもの、どうなるか見ていたのだろうが。三郎がうまくやれば手柄をもらい、しくじったら知らぬ顔をする」

「むうう。手柄を表に出すと……京都所司代のものとして」

三郎が唸《うな》った。

「もっともさほどのことにはなるまいよ」

不安そうな三郎に、近衛基煕が手を振った。

「なぜ……」

「わからぬか」

不思議そうな顔をした三郎に近衛基煕が微笑んだ。

「手柄が大きすぎる」

「大きすぎる……手柄がか」

「当たり前じゃ。京都所司代といったところで、徳川《とくがわ》の家人でしかなかろう。朝廷からしてみれば、いかに侍従《じじゅう》であろうが佐渡守であろうが、令外《りょうげ》でしかない」

大名をはじめとする武家の官位はすべて幕府が取り仕切る。幕府が某《なにがし》に従五《じゅご》位何《いなにの》守《かみ》をと申し出て、それを朝廷は追認する。

当然、それは律令《りつりょう》の規定ではない。もし、これを正式な官としてしまえば、役目が足りなくなってしまう。なにせ幕府に属する大名、官位を与えられるだけの旗本を合わせると千をこえる。それに比して、官職は少ない。国守《こくしゅ》は六十ほど、介《すけ》を合わせても百をこえるかこえないか、その他の役目も足したところで五百にはとても届かないのだ。

かといって幕府の要求に逆らえるはずもなし。朝廷は令外官という裏技を使って、これを解決した。

令外官とは名誉だけで、実権はいっさい持ち得ない。

「老中、京都所司代に侍従が与えられるのは、参内させるだけのもの。その飾りが上皇さまからお刀を下賜され、主上にも謁見を賜った。まあ、あれを謁見といえるかどうかは別にしてだ」

「たしかに」

三郎も苦笑した。

近衛基熙と三郎の二人は、後水尾《ごみずのお》上皇が後西《ごさい》天皇を叱る場に居合わせただけであり、とても謁見とはいえなかった。

「もし、それを吾《わ》が手柄として吹聴《ふいちょう》してみよ。上皇さまが黙っておられるか」

「おられまいな」

後水尾上皇は苛烈《かれつ》な性格をしている。もし、牧野佐渡守が三郎のしてきたことを吾がものとでも言おうものならば、たちまち江戸へ向かって院使を派遣する。

「赴任の挨拶《あいさつ》でしか会ったことのない者に刀をくれてやるなどない」

院使にそう報告されれば、牧野佐渡守は幕府へ嘘偽りを告げたことになる。

「閉門蟄居《ちっきょ》いたしておれ。詳しく調べて咎《とが》を明らかにする」

役人は下僚から馬鹿にされることをなによりも嫌う。

まず、牧野家は無事にはすまなかった。

「では、吾に用はなかろう」

触れば火傷《やけど》すると分かっている焼け石のような三郎に、牧野佐渡守が手を出す意味はないだろうと三郎が安堵《あんど》した。

「大丈夫か」

安堵した三郎に近衛基熙が小林平八郎へ問いかけた。

「わたくしにはなんとも」

小林平八郎が困惑した。

「どういう意味じゃ」

三郎が怒りを見せた。

「高家とは朝廷を相手にするものであるな」

近衛基熙が念を押した。

「そうである」

胸を張りながら、三郎がうなずいた。

「魑魅魍魎《ちみもうりよう》、妖怪化生《ようかいけしよう》と陰で言われる公家《くげ》と渡り合うのだぞ。返答一つ、いや顔色の変化どころか、目の動きだけでも付けこむ連中ぞ」

「多治丸《たじまる》もその一人だぞ」

三郎が言い返した。

「そうじゃ。今の麿《まろ》は三郎の友としてあるが、摂関家《せつかんけ》として動くとなれば、鬼にでも蛇にでもなる」

しっかりと近衛基熙に切り返された。

「…………」

三郎が絶句した。

「朝廷と幕府、これはどうしたところで一つにはなれぬ。当たり前だろう。朝廷の持っていた天下を力で奪い、その生活も押さえつけている」

「ぐっ」

近衛基熙の恨みがましい言葉に三郎は唸るしかなかった。

「考えてみよ。朝廷には百官があり、主上があらせられる。なに一つ不便のない日々を送るには、少なくとも十万石は要る。しかし、現実はどうじゃ。朝廷領として幕府が差し出したのは三万石でしかない。もとは天下すべてが朝廷の、主上のものであったにもかかわらずじゃ」

「…………」

徳川家に仕える旗本としては同意できないし、かといって近衛基熙の言っていることは正論であり否定できない。

三郎は沈黙した。

「朝廷は絶えず復権を狙い、幕府はその芽を摘もうとする。これを繰り返している。その見えていない戦いのなかで使者となるのが高家であり、勅使、院使である」

高家は幕府から朝廷へ、勅使たちは朝廷から幕府へ出される使者という近衛基熙の考えは正解であった。

「敵地に赴くのが任。高家は朝廷において孤立無援の状況で、その役目を果たさねばならぬ。京都所司代、禁裏付《きんりづき》も同席できぬ場所でだ」

「たしかに」

三郎も気付いた。

「一つの言い間違いが、幕府を退かせる」

「うっ」

冷たく告げる近衛基熙に三郎が震えた。

「そうならぬように気を張り、相手を観る。その言葉の、表情の裏にあるものを見抜き、適切な対処をするために。それが高家の役目」

「……ごくっ」

責任の重さに三郎が喉《のど》を鳴らした。

「京都所司代牧野佐渡守がなにを考えているのか、それを読め。三郎」

「佐渡守どのの考えを読む……」

三郎が思案に入った。

「ここでやってどうすると」

近衛基熙があきれた。

「対応を考えろと助言したのは、多治丸であろう」

「自ら動きを固めてどうする。麿は知らぬが、剣術というのはこっちの思った通りに相手は攻めてくるのか、平八郎」

「いいえ。できるだけ思惑をはずそうといたしまする」

訊《き》かれた小林平八郎が首を横に振った。

「であろう。準備をする。それは正しい。だが、それにこだわっては無意味である。佐渡守がどのような態度に出るか、予想していたとおりならば余裕であろうが、違ったときに焦るであろう。その焦りこそ敵の思うつぼぞ」

「相手がどう出るかのすべてを考えれば……」

「神にでもなるつもりか」

三郎の考えを近衛基熙が一蹴《いっしゅう》した。

「うっ」

痛いところを突かれた三郎が詰まった。

「まあ、これ以上いじめるのはやめておく」

「ほう」

三郎が安堵の息を吐いた。

「しかし、よくそこまでわかるの。多治丸は吾より幼いのに」

「幼いがとおる場所ではない。朝廷という魔窟《まくつ》はな。幼いというのは護《まも》られるではなく、喰《く》われるのよ」

　感心した三郎に近衛基熙が寂しそうに述べた。

「臨機応変こそ、重要じゃ」

「自然体でおれと」

　近衛基熙の話に三郎が確認をした。

「すべてを受け流せ」

　首肯した近衛基熙が締めくくった。

二

　上杉侍従《うえすぎじじゆう》兼播磨守《はりまのかみ》綱勝《つなかつ》は、保科《ほしな》肥後守《ひごのかみ》の来訪を受けていた。

「久しいの婿どのよ」

「ご無沙汰《ぶさた》をいたしております」

　保科肥後守を上座に据えた上杉綱勝が歓迎の意を示した。

　上杉綱勝と保科肥後守とは義理の親子である。保科肥後守の長女媛姫《はるひめ》が上杉綱勝の正室として嫁いでいた。

「昨今、国元はいかがかの」

「おかげさまをもちまして、無事に過ごさせていただいておりまする」

保科肥後守の問いに上杉綱勝が応じた。

上杉は米沢《よねざわ》で三十万石、保科は会津《あいづ》で二十三万石と両家は領境を接している。当然、いろいろな条件も等しく、豊作、凶作も同じように来る。

「物成りはいかがかの」

「並のように聞いておりまする」

大政参与《たいせいさんよ》とも呼ばれ、四代将軍家綱《いえつな》の扶育も任されている保科肥後守は多忙を極める。領国の会津へ戻ることとさえまずなかった。

「それはよいことでござるな」

白河《しらかわ》の関を越えると奥州《おうしゅう》、あるいは羽州《うしゅう》になる。どちらも寒冷な気候であり、冷害の影響を受けやすい。米沢や会津ではないが、仙台《せんだい》の伊達《だて》藩では冷害で稔《みの》りが半分を割ったときもある。並ならば、問題はない。

「さて、婿どのと話すのは楽しいのだが、いつまでもというわけには参らぬ」

「お忙しい肥後守さまをお引き留めすることはできませぬ」

用件に入るぞと言った保科肥後守に上杉綱勝が首肯した。

「貴家にとって、めでたき話を持って参った」

「めでたきお話でございまするか」

保科肥後守の言葉に上杉綱勝が怪訝そうな顔をした。

「うむ。婿どのの妹三姫《さんひめ》を吉良左少将《さしょうしょう》の嫡男に娶《めと》らせよとのご台命《たいめい》である」

将軍の上意だと保科肥後守が告げた。

「公方《くぼう》さまのお声掛かり……なんとも光栄なことでございまする」

家綱の指図とあれば、断ることなどできるはずもなかった。いや、一瞬の躊躇《ちゅうちょ》でさえ、不敬とされる。

上杉綱勝が平伏して受けた。

「うむ。早速の承知なによりである」

満足そうに保科肥後守がうなずいた。

「肥後守さま、一つお伺いをいたしても」

「なにかの」

保科肥後守が上杉綱勝の質問を許した。

「吉良左少将どのがご嫡男さまとはどのようなお方でございましょう」

大名にとって高家は大目付《おおめつけ》ほどではないが、警戒しなければならない相手であった。城中で礼儀礼法の監察はもとより、大名たちの官位官職を差配する。高家の機嫌を損ねることは下手をすれば家の存続にもかかわってくる。

上杉綱勝が気にしたのは当然であった。

「そうよなあ」

いわば将軍家が仲立ちをしたような縁談に少しでも疑念を抱くのはよろしくはないが、そこは娘婿のことだ。保科肥後守が少し考えた後、口にした。

「城中では目立っておらぬな」

「なるほど」

それだけで上杉綱勝が納得した。

「なれば、これにて」

すっと保科肥後守が立ちあがった。

吉良と上杉が承諾した。これで両家の婚姻はなった。

もちろん、届け出や幕府の承認という手続きは残っているが、将軍家綱が全権を委任している保科肥後守が仲人役を務めているのだ。たとえ老中でも否やは言えなかった。

「預けるぞ」

「承知いたしましてございまする」

保科肥後守から吉良三郎義央《よしなか》と上杉三姫の婚姻手続きを任せられた右筆《ゆうひつ》が引き受けた。

「そなた名は、なんと申す」

「右筆散田《さんだ》覚内《かくない》めにございまする」

問われた右筆が答えた。

「散田であるな。覚えたぞ」

「畏《おそ》れ多いことでございまする」

散田覚内が平伏した。

大名や旗本の婚姻は、将軍の声掛かりでないかぎり、まず右筆のもとへと問い合わせが出された。

「何家の姫を迎えたいと存ずるが……」

「支障ないかと」

「しばしお待ちになられたがよろしいかと。何家にかんしては関ヶ原《せきがはら》で徳川に槍《やり》を付けておりまする。譜代の貴家にふさわしいとは……」

右筆は幕府に仕える大名、旗本のすべてを把握している。ここで支障が出れば、婚姻はもちろん、息子への家督相続も考え直すべきであった。

「何さまと某さまの間に婚姻のお話がございまするが、いささか問題が……」

大名と大名ならば老中の、旗本と旗本ならば若年寄《わかどしより》の認可が、婚姻には要る。右筆部屋にもたらされた届け出の説明は、右筆の役目である。その右筆がよくないことを言えば、老中や若年寄は認可を出さなくなる。

「なにとぞ」

そうなってはたまらない。

そこで大名や旗本は右筆に届け出とともに金を渡す。

「よろしいかと」

満足できる金額であれば、届け出は問題なく通る。

婚姻だけではない。相続、養子縁組、隠居、病気療養なども右筆の差配になる。

そして、そのすべてに金がからむ。

右筆は身分低いものながら、その実入りは大きい。

ただ、今回は保科肥後守の肝煎《きもい》りの婚姻である。まさか、家綱の叔父《おじ》になる保科肥後守から賄《まいない》を受け取ることはできなかった。

言いかたは悪いが、散田覚内は今回ただ働きになる。

「憐《あわ》れな」

「役というより厄じゃな。助かった」

散田覚内が選ばれたことを同僚たちは密《ひそ》かに喜んでいた。

そこへ名前を覚えておくという一言である。幕府一の権力者に名前を知られる。

それは、よい地位に空きが出たとき、そこへ推薦してもらえるという手形であった。

「なんじゃと」

「出世することになるぞ」

たちまちそれは羨望《せんぼう》になった。

「届け出は、吉良から出させるか、それとも上杉がよいか」

「いえ、わたくしのほうでいたしておきまする」

問うた保科肥後守に散田覚内が首を横に振った。

「そうか。では、頼んだぞ。散田」

「ははっ」

最後に名前を呼ばれた散田覚内が感激した。

「吉良と上杉か。これは話題になるな」

右筆のなかで目端の利く者が、すかさず部屋を出た。

幕府にかかわる書付をすべて扱う右筆部屋は、執政以外の出入りを許さない。そのため、右筆部屋には墨の準備をしたり、湯茶の用意をするお城坊主もいなかった。

「坊主どの」

部屋を出た右筆が、廊下で待機しているお城坊主を呼び寄せた。

「なにかございましたか」

右筆部屋には幕府の秘事が集まる。城中の噂を売って小遣い稼ぎをしているお城坊主にとって右筆の誘いはなにをおいても応じるものであった。

「いつもの割で頼むぞ」

「わかっておりまする。五分でよろしゅうございますな」

手に入れた金は山分けだと確認をまずした。

「ならば……」

「……それは珍しいことでございますな」

右筆から聞いたお城坊主が驚いた。

「金になろう」

「なりましょう。ですが、噂は早さが命。早速に」

そそくさとお城坊主が離れようとした。

「待て、慌てるな」

それを右筆が制した。

「まだなにか」

「この話を差配されているお方がおられる」

「差配……お仲人ということでよろしゅうございますか」

右筆の発言にお城坊主が確認した。

「そうよ。どなただと思う」

「……保科肥後守さま」

楽しそうに訊いた右筆にお城坊主が告げた。

「知っておったのか」

「さきほど右筆部屋に出入りなされておられましたでしょう」

しっかりお城坊主が見ていた。

「しかし、これでもう一稼ぎできまする。では」

急いでお城坊主が廊下を小走りに去っていった。

お城坊主がまず目指したのは、高家控えの間になる芙蓉《ふよう》の間であった。

普段ならば、芙蓉の間の外、廊下で控えて高家の誰かが出てくるのを待つのだが、こういった情報は素早さでその価値が変わってしまう。

いの一番に持ちこまれた情報は小判になるが、半日経てば二分、一日経てば価値なしになる。

お城坊主は芙蓉の間の襖《ふすま》を開けて、なかを見回した。

「いかがいたしたか」

芙蓉の間には高家だけでなく、寺社奉行《じしゃぶぎょう》や大目付などもいた。といったところで多忙な勘定奉行《かんじょうぶぎょう》や町奉行《まちぶぎょう》は勘定所あるいは町奉行所で執務をしているため、芙蓉の間にいることは少なかった。

「なにか御用はないかと」

声をかけてきた大目付にそう応じながら、お城坊主の目は高家へと向けられていた。

「ふむ。我らにはないが……」

お城坊主の目がどこを向いているか、すなわち誰に用があるか、それを一瞬で見抜けないようでは、芙蓉の間にまで昇ってはこられない。

大目付はすぐにお城坊主への興味をなくした。

「坊主か」

高家品川内膳正《しながわないぜんのかみ》もお城坊主に気づいた。

「……うん」

大目付同様、お城坊主に用はなかった品川内膳正もそのまま目を逸らそうとして、引っかかった。

「目配せ……」

お城坊主が己に向かって合図をしていることに品川内膳正が気づいた。

「……どれ」

品川内膳正が腰をあげた。

「どうかなされたのかの」

不意に立ちあがった品川内膳正に、上杉宮内大輔《うえすぎくないたいふ》が怪訝な顔をした。

「厠《かわや》でござる」

品川内膳正が用を足しにいくと言った。

「なるほど」

納得した上杉宮内大輔を残して、品川内膳正は芙蓉の間を出た。

襖を閉めた瞬間に、お城坊主が近づいてきた。

「内膳正さま」

「余に用か」

品川内膳正が問うた。

「少し耳寄りな話を手に入れまして、是非に内膳正さまにと」

お城坊主が小声で囁《ささや》いた。

「余に役立つ話であろうな」

「どのようにお使いなさるかは、内膳正さま次第でございまする」

念を押した品川内膳正にお城坊主が逃げた。

「これでよいか」

懐から品川内膳正が大豆ほどの小粒金を二つ出した。

「……少しばかり」

受け取った小粒金の重さを手で量ったお城坊主が不満を口にした。

小粒金はその名の通り、金を豆ほどの大きさから親指の頭くらいに固めたもので、二百文くらいから二千文ほどの価値があった。

「それだけのものだろうな」

「きっとご満足いただけまする」

高い金を取ってたいした話ではなかったでは困ると釘《くぎ》を刺した品川内膳正に、お城坊主が自信を見せた。

「ならば……」

もう二つの小粒金を品川内膳正が渡した。

「あと一つを」

下卑た笑いを浮かべながら、お城坊主が値上げを要求した。

「それだけでは足らぬと……よほどでなければ許さぬぞ。これで終わりだ」

怒りながら、最後の小粒を品川内膳正が出した。

「少し小さい気がいたしまするが……」

すばやく小粒を懐にしまったお城坊主が、右筆から仕入れた話を品川内膳正の耳に入れた。

「吉良の息子に上杉播磨守の妹を……しかも仲立ちが肥後守さま」

聞いた品川内膳正が驚愕《きょうがく》した。

「よろしゅうございましょうか」

話を終えたお城坊主が辞去を求めた。まだまだこの話は売れる。お城坊主はもう品川内膳正にかかわっている暇はないと急いでいた。

「待て」

背を向けたお城坊主を品川内膳正が止めた。

「まだ御用が」

お城坊主が一瞬嫌そうにゆがめた頰を消して、振り向いた。

「今の話、誰にもいたすな」

「………」

情報を独占しようとした品川内膳正に、お城坊主が冷たい目を向けた。

「なんじゃ、その目は」

品川内膳正がお城坊主を睨《にら》んだ。

「そうせよと言われるならば、従いましょう」

「うむ」

お城坊主の答えに品川内膳正が満足そうに首肯した。

「では、今後は一切わたくしどもへ御用をお申し付けになられませぬよう。このこと、すべてのお城坊主で共有いたしまするほどに」

「なっ、なにを申す」

お城坊主の宣言に品川内膳正が顔色を変えた。

殿中の噂を売って歩くのがお城坊主の本業ではなかった。たしかにその収入が多くを占めるが、本来の仕事は城中での雑用であった。

本来坊主は俗世との縁を断ちきった者を言う。俗世にかかわらず、欲のすべてを捨てた者、それだからこそ城中での所用ができる。欲があるならば、あるいは誰かとの縁が濃ければ、城中で知り得たことを漏らす。あるいは、便宜を図る。それではとても執政の手伝などできない。形だけとしてだが、そのすべてを捨てたからこそ、お城坊主は城中のどこにでも入ることができる。それこそ、御用部屋で老中へ茶を出したり、使者として誰かを呼びにいったり。

逆に言えば、お城坊主でなければ、たとえ高家であろうとも出入りできないところがある。湯茶の用意も厠での手洗いもお城坊主がいなければ、どうしていいかさえわからないのだ。

たとえは悪いが、今、品川内膳正が芙蓉の間を出る口実とした厠がそうだ。

「小用である」

人は生きている限り、排出する。

「しばしお待ちを。今、厠は某さまが使用なされておりまする」

お城坊主は厠の差配もする。

もともと江戸城はその広さと、在城している大名、役人の数に比して厠が少ない。登城直後、昼餉《ひるげ》の後などはかなり混雑する。

それを身分や役職を勘案して、順番にお城坊主は案内する。

もしお城坊主の案内がなければ、

「無礼なっ」

すでに入っていると気づかず、厠の扉を開けてしまうこともある。

もし、それが上役だったり、名門大名だったりすると、面倒になる。さらに茶や湯でもお城坊主以外は用意できない。これは火事を怖れてのことであった。家では縦のものを横にもしない殿様だけに湯を沸かしたことなどなく、火の扱いにも慣れていない。そんな連中に好き放題にさせれば、まちがいなく碌《ろく》でもないことになる。

つまり、登城している大名、旗本はお城坊主の協力なしに、厠も行けないし、湯一つ呑《の》むこともできなかった。

「では、御免を」

お城坊主が呆然《ぼうぜん》となった品川内膳正にふたたび背を向けた。

「ま、待て。いつまでもではなくていい。今日一日押さえよ」

品川内膳正が条件を緩めた。

「話になりませぬ」

お城坊主が鼻で嗤《わら》った。

保科肥後守が右筆部屋を訪れたのは、すでに他のお城坊主も知っている。さらに右筆から三郎と上杉三姫の婚姻の話も漏れる。

お城坊主が握っている話は、どう考えたところで今日一日、いや半日が売りどきであった。それを止めるには止めるだけの金を出してもらわなければ、割が合わない。

「十両お願いをいたしまする」

「……馬鹿なことを申すな。十両は法外じゃ」

お城坊主の要求に品川内膳正が目を剝《む》いた。

「それではなかったお話ということで」

「……やむを得ぬ。話はどこでしてもかまわぬ」

行きかけたお城坊主に品川内膳正が折れた。

「はい」

お城坊主が受け入れた。

礼儀礼法目付として怖れられる高家だったが、俗世を離れた形のうえ、士分でない身分低いお城坊主を監察はできなかった。いや、できないわけではないが、したところで無駄であった。

「坊主を咎めるとは……」

「他にすることがないのか」

赤子に説教をするようなもの、それこそ城中で笑いものになる。

これは目付も同じであった。

お城坊主は目見え以下なため、目付ではなく徒目付《かちめつけ》の監察対象である。だが、徒目付は御家人であるため、城中であまり権能を振り回すわけにはいかない。それに先ほどのように、手出しをした者へいやらしい復讐を一丸となってするのだ。

お城坊主はまさに城中でやりたい放題であった。

「今のところ、これを知っているのは余だけ」

品川内膳正は廊下で一人思案に入った。

お城坊主の義理なのか、矜持《きょうじ》なのか、こういった話は同じ役職の者へは漏らさない。高家では唯一品川内膳正だけが知っている状況である。これをうまく利用してこそ高家と言える。

「たしか上杉宮内大輔どのが、吉良家の嫡男に娘を娶らせたいと考えていたな」

品川内膳正が話の整理を始めた。

まだ当主ではなく見習い高家でしかない三郎に、朝廷が従四位《じゅしい》侍従兼上野介《こうずけのすけ》という高位を与えた。

「部屋住みの身分で従四位……」

これが高家たちを震撼《しんかん》させた。

高家は武家の名門である。なかには公家から旗本へ籍を転じた戸田《とだ》家や日野《ひの》家のような者もいるが、基本は足利《あしかが》幕府の将軍家と縁のあった家柄が引きあげられたものであった。

吉良家、品川家、今川《いまがわ》家などはその代表である。

徳川幕府が名門の血筋を惜しんで召し抱えたと言われているが、実際は飼い殺しであった。

というのは、高家は旗本の役目ではもっとも格上になるため、それ以上の出世はなく、実質の権を持つ勘定奉行や、町奉行などのように活躍することはない。

ならば大名になればと思われるが、名門は反幕府の旗印になる。

「将軍の地位を返すべし」

「徳川は家臣であった」

今川や吉良は、それを言うだけの歴史を持っていた。

旗本は徳川の家臣である。

大名も関ヶ原以降はそうなっているが、実際それを受け入れている者は少ない。

ただ、旗印がないのだ。義なくて兵を起こせば、それは謀叛《むほん》でしかない。賛同する者もなく、惨めに敗退するだけ。しかし、正統な血筋に天下を返すという大義名分があれば、ともに戦おうという者も出てくる。

「朝敵である」

うまくやれば朝廷を抱きこむこともでき、徳川を朝敵に落とせる。

そうなっては困ると幕府、いや徳川家はわかっている。朝廷が将軍として任じるのは、そのとき京を押さえている武将なのだ。

だからこそ、幕府は高家を飾りとして祭りあげ、出世も立身もさせない。高家の誰もが飼い殺しだとわかっていた。

己も、己の息子も孫も永遠に同じ境遇を繰り返す。

三郎の任官で、それが変わるかも知れなかった。

「従四位の上は正四位《しょうしい》。だが、正四位は従三位《じゅさんみ》へ昇るための待機」

侍従が付いていなければ、従四位は参内できない。天皇への謁見を求めることができなかった。それが従三位からできるようになる。よって従三位以上は公家、雲上人と呼ばれ、朝廷でも格別な扱いを受けた。

「御三家、加賀前田《かがまえだ》家のみが従三位をこえる」

征夷大将軍《せいいたいしょうぐん》である徳川本家は従二位《じゅにい》、御三家は初代のみ従二位、二代目からは従三位、そして加賀百万石の主前田家は豊臣秀吉《とよとみひでよし》の天下で従二位大納言《だいなごん》という高官に補《ふ》された前例が影響して従三位中納言《ちゅうなごん》を与えられている。例外もあるが、それほど武家にとって令外官とはいえ、三位という地位は格別であった。

その格別に三郎が近づいた。

「家督を継ぐ前に従四位……次げば正四位。そして正四位は従三位に繋《つな》がる」

正四位が従三位への待機とされているのは、その間に昇殿できる地位として修めるべきを学ぶためだと言われていた。

朝廷で生きる公家でさえ、従三位と正四位の違いに戸惑うのだ。高家とはいえ、誰も三位以上になった経験はなかった。

言いかたが正しいかどうかは別にして、従四位侍従が勝手口から商品を運び入れる御用聞きであり、従三位以上は正式な来客として玄関から出入りできる。それだけの差が一つの位階にあった。

「その上野介に上杉播磨守の妹が嫁ぐ」

品川内膳正は廊下で思案に入っていた。

米沢の上杉は、いうまでもなくかの軍神上杉謙信《けんしん》の流れを汲《く》む。生涯独身で女を近づけなかった上杉謙信には子がなく、家督は姉の子で養子として迎えた景勝《かげかつ》が継いだ。今の当主綱勝は景勝の孫にあたる。関ヶ原の合戦の直前に徳川家康《いえやす》と敵対したことで、その封地を大幅に削られたとはいえ、いまだ三十万石を誇る。外様《とざま》大名のなかでも五指に入る武門の名家であった。

「しかも保科肥後守さまの仲立ちだと……」

保科肥後守の権威は将軍に次ぎ、老中を圧する。その保科肥後守がこの婚姻を進めている。これは、保科肥後守が吉良家と米沢上杉家の後ろ盾になると宣したに等しかった。

「吉良を肥後守さまはどうなさるおつもりか」

品川内膳正は三郎が従四位侍従兼上野介へと位階をあげたのも保科肥後守の仕事だと思いこんだ。

「高家筆頭となされるのか」

今の吉良家当主左近衛少将義冬《さこんえのしょうしょうよしふゆ》は高家肝煎りをしている。肝煎りとは、高家の持ち回りのような役目で、長くその務めた者が一同の取りまとめをするために任じられる。

「筆頭職を世襲になさるか」

高家筆頭という役目を作り、それを世襲にする。つまり、高家の上に吉良を置く。それはすべての高家を吉良が支配するとの意味であり、新規受け入れ、罷免、隠居などの権を吉良に与えることにもなりかねなかった。

「なぜ吉良に。当家の伝三郎《でんざぶろう》ではいかぬのか」

嫡男の名前を出して、品川内膳正が愚痴をこぼした。

品川内膳正には男子が二人いた。一人は正室を迎える前に手を出した奥女中で長男を産んだが、身分が低すぎたために公子としての認知をしていなかった。

もう一人の伝三郎は正室松平出雲守勝隆《まつだいらいずものかみかつたか》の娘が産んだ嫡男であった。

伝三郎は今年で十六歳になり、三郎の一つ歳下になる。

妻の実家にあたる上総佐貫《かずさぬき》藩の跡継ぎがないため、内々で伝三郎を養子にとの話も出ているが、まだ公にはなっていない。

「家柄では多少劣るが……」

品川家は駿河《するが》の太守であった今川家の分家であった。天下に一家という今川家の家法により、今川という名字ではなく、品川と名乗っているが、祖先はともに今川氏真《うじざね》である。

本家の今川家は短命な当主が続き、高家ではありながら、影響力を持つにいたっておらず、今では品川家が上と言ってもいい状況にある。

しかし、今川家は吉良の備えとされる血筋であった。戦国のころ勢威の増した今川に吉良が臣従したこともあったが、足利将軍家に跡継ぎがなかったときは、まず吉良から人を出し、吉良に人がなきときのみ今川に順番が巡ってくると決められていた。

「肥後守さまにお話を伺う……いや、もう遅いか」

すでに右筆部屋に三郎と上杉三姫の婚姻は届出られている。しかも保科肥後守が直接持ちこんだのだ。もし、品川内膳正がちょっかいを出せば、保科肥後守の名前に傷を付けることにもなる。

「気分が悪い」

保科肥後守を怒らせれば、品川家など一蹴される。

「残念だが……吉良の栄達は認めねばならぬ」

保科肥後守と敵対する愚を品川内膳正は犯さなかった。

なにが三郎と伝三郎を隔てたのかは気になったが、そこにこだわってもすでに遅い。

「ならば、これをどう利用するか」

品川内膳正が策謀を巡らせた。

「……どこかの家を焚《た》きつけるか」

高家は多い。さらに将軍が代わるたびに追加されている。もちろん跡継ぎなく絶家となった家もあるが、それでも二十家をこえる。

目付でさえ十人、大目付は五人ていどで監察を務めている。礼儀礼法を監察する高家はその他に幕府からの使者として上洛する役目も持つが、それでも年に一度、二度ですむ。このていどのことに二十家は多すぎる。

高家が多いと、上洛する頻度が少なくなる。年に一度だとすれば二十年、年に二度として十年、正使、副使と二人出たところで五年に一度当たればいい方であった。

「置物」

高家のことを馬鹿にする風潮もある。

「無駄じゃ」

昨今、幕府の手元が不如意になりつつあることは、品川内膳正も知っている。別段、高家になったからといって役料がもらえるわけではないので、役目として幕府財政の負担とはなっていない。

それが言いかたを変えると、反対の状況になる。

幕府の負担になっていない高禄《こうろく》の旗本。すなわち徳川家にとって無駄飯食いという証明でもあり、一大名としてみたとき徳川にとって禄という負担をかけるだけと言えた。

「数を減らしておけば、こっちに矛先は向くまい」

品川内膳正が考えをまとめた。

「誰でもよい。二つ、三つの高家がいなくなればいい」

どこという目標を品川内膳正は決めないことにした。

芙蓉の間に戻った品川内膳正は、吉良義冬に近づいた。

「左少将どのよ、水くさいではないか」

品川内膳正はわざとらしい笑みを浮かべながら、吉良義冬に話しかけた。

「水くさいとは、なんのことでござろうか」

三郎のことだと吉良義冬はわかっている。それでも吉良義冬はとぼけた。

「いやはや、お隠しあるな」

品川内膳正が首を横に振って、吉良義冬の対応を受け流した。

「なにかの」

「聞かせていただいてもよろしいか」

噂であろうとも情報を得られるならば、遠慮しない。ここで他人顔をして遠目に見守るようなまねをするようでは、とても公家を相手にはできなかった。

「おう。よろしいかの、左少将どの」

品川内膳正が集まった皆を見回してから許可を求めた。

「いずれ知れることでござる」

吉良義冬が認めた。

「ご一同、祝事でござる。吉良左少将どのが御嫡男上野介どのが婚姻をなされるとのよしは御存じであろう」

「ううむ」

「めでたいことじゃ」

まずは祝いを口にするのが決まりごとである。

「して、内膳正どの、お相手はどこの姫君かの」

上杉宮内大輔が先を促した。

「米沢城主上杉播磨守どのが妹姫と伺いました」

問われた品川内膳正が答えた。

「播磨守どのか」

「三十万石なれば、ご不足なしでござるな」

高家が納得した。

「どちらからお話を」

上杉宮内大輔が尋ねた。

「なんと申しましょうかの。どちらからというわけではなく」

吉良義冬が保科肥後守の名前を出さずにすまそうとした。

「お聞きあれ、ご一同」

品川内膳正が割りこんだ。

「なんとお仲立ちは肥後守さまだそうでござる」

「それは凄《すご》い」

「さすがは吉良家でござる」

品川内膳正の報告に、一同が驚愕した。

「肥後守さまからお話が」

「どうやって肥後守さまにお願いを」

驚くだけで終わるはずはない。高家たちが次々に吉良義冬に質問を浴びせた。

「肥後守さまと付き合いが……」

上杉宮内大輔が啞然《あぜん》とした。

「うらやましいかぎりじゃ」

「ぜひとも当家にも肥後守さまとのご縁を」

「しばし、しばし」

口々に問われては、吉良義冬といえども対応に困る。吉良義冬が手を振って、間を空けようとした。

「ご子息の任官、続いて婚姻と貴家はめでたきことが続かれますの。当家もあやかりたいものでござる」

それを品川内膳正が邪魔をした。

「たしかに慶事が重なりますの」

「まさにまさに」

高家たちの興味が品川内膳正の煽《あお》りを受けて強くなった。

「…………」

その様子を品川内膳正が笑いを張り付かせた顔で見守り、上杉宮内大輔が黙って背を向けた。

三

長すぎた京での滞在を三郎は終わらせた。

「お見送りは遠慮しよう」

近衛基煕へ三郎は館の玄関で別れを告げた。

「ああ」

まちがいなく京都所司代牧野佐渡守が接触してくる。その場に近衛基煕の姿があることは、後々まずいことになりかねなかった。

三郎の気遣いを近衛基煕も受けた。

「楽しかったぞ、三郎」

近衛基煕が三郎の肩に触れた。

「二度は御免だがな」

後水尾上皇だけでなく中宮和子《かずこ》、後西天皇という朝廷の頂点をなす三人と会うなど、京へ来るまでは考えてもいなかった。

「よい経験になったであろう」

「たしかに得がたい経験ではあった」

笑いながら言った近衛基煕に三郎はうなずいた。

「もう誰に会おうとも動じることはない」

「あはははは」

告げた三郎に近衛基煕が愉快だと声をあげて笑った。

「三郎よ、いや、吉良侍従よ」

近衛基煕が一瞬で笑いを消した。

「はっ」

その声音に三郎は片膝《かたひざ》を付いて礼を表した。

「麿は朝廷の未来《さき》を図る。そなたは幕府の現在《いま》を守る。いずれ遣《や》り合うときが来るだろう。そのときは手を抜かぬ」

「わたくしも全力でことに当たりまする」

宣戦布告に近いことを口にした近衛基熙に三郎は応じた。

「なれど、どこかで手を取り合えよう。麿とそなたは今回、それだけのときを重ねた」

「はい」

三郎も同意した。

「朝廷はずっと幕府を恨み続ける。幕府は朝廷の頭を押さえ続ける。これは一つしかない天下を巡っての戦いゆえ、終わることはない」

「…………」

黙って三郎は近衛基熙の話を聞いた。

「いつか、天下はふたたび割れよう。歴史がそれを証明している」

「…………」

今度は答えようがなかった。認めれば鎌倉《かまくら》、室町《むろまち》のように徳川幕府が負けることを受け入れるとなり、否定すれば歴史を認めないになる。

三郎は沈黙を続けるしかなかった。

「はっきりと申して、麿も幕府には不満がある。公家は貧しすぎる。なかには、娘を大坂商人の妾《めかけ》に差し出して援助を受けている家もあると聞く」

「そのようなことが……」

身分を、血筋をなによりとする公家が娘を商人に売る。その無念さがどれほどのものか、三郎にもわかった。

「だが、この世をふたたび戦乱に晒《さら》すことは決してしてはならぬ」

近衛基熙が断じた。

かつて鎌倉幕府が滅びるとき、足利尊氏《たかうじ》らによって天下を二分する争いがあった。そして応仁《おうにん》の乱をきっかけに天下はもつれた麻の糸のように乱れ、それを押さえられなかった室町幕府は倒れた。

「民のためを思うなどとはいわぬ。ただ、主上を始め、我ら公家、そして武家、僧侶神官、民に至るまで、明日が期待できぬ日々を過ごすのは避けねばならぬ」

「まことに」

三郎も同意だと首肯した。

「せめて我らがこの世にある間だけでいい。朝廷と幕府を穏やかな関係で保ちたい。そのために麿と密接に連絡をとってくれい」

「承知した。いえ、こちらから願おう」

友としての発言をした近衛基熙の要求に三郎が応じた。

「ではの。別れは言わぬ。また会おうぞ、三郎」

威厳を消した近衛基熙が手を振った。

「また、多治丸」

三郎も手を振った。

最後は友人としての別れで終わった。

京都所司代与力《よりき》の杣崎弥二郎《そまさきやじろう》は、毎日、夜明けから日暮れまで今出川御門《いまでがわごもん》を見張っていた。

「旦那、武家が二人出てきましたで」

配下の小者《こもの》が杣崎弥二郎に注意を促した。

「まちがいなさそうだな」

二人の身形《みなり》、そして一人がもう一人を守るような位置取りをしていることを確認した杣崎弥二郎がうなずいた。

「声をかける」

「へえ」

小者を後ろに従えて、杣崎弥二郎は三郎たちに近づいた。

「若さま」

当然、小林平八郎は杣崎弥二郎たちに気づいていた。

「ああ」

わかっていると三郎も首肯した。

「率爾《そつじ》ながら……」

「誰か」

杣崎弥二郎が間合いに入った瞬間、小林平八郎が三郎の前に出て、警戒を露《あら》わにした。

「なにをっ」

京都所司代付の与力が戦うことはなかった。強盗や下手人の取り締まりは京都町奉行所がおこない、京都所司代の与力がかかわることはない。極端な話、目の前で他人のものを盗んだ者がいても、無視してよいのだ。

殺気を含んだ小林平八郎の誰何《すいか》に杣崎弥二郎の腰が引けた。

「平八郎、押さえよ」

逃げ出しそうな杣崎弥二郎の様子に、三郎が苦笑した。

「はっ」

小林平八郎が刀の柄《つか》に伸ばした手を戻した。しかし、立ち位置を変えることなく、ずっと警戒をしていた。

「拙者に御用か」

三郎がまだ怯《おび》えを残している杣崎弥二郎に問うた。

「あ、あ、あ……ふうう」

呼吸を整えた杣崎弥二郎が、小林平八郎と目を合わさないようにしながら、三郎へと顔を向けた。

「吉良上野介さまとお見受けいたしまする」

「ほう、よくわかったの」

ここでとぼけても無意味でしかない。わかっていての質問、いや、確認なのだ。

三郎は少し驚きながら認めた。

「で、貴殿は」

名を名乗れと三郎が告げた。

「京都所司代牧野佐渡守さまが配下の与力杣崎弥二郎と申しまする」

「所司代の与力どのか」

官位や目見え以上といった身分差はあっても、まだ三郎は当主ではない。相手は与力とはいえ、幕府の役人である。三郎は杣崎弥二郎に敬称を付けた。

「で、御用は」

「佐渡守さまがお呼びでございまする」

尋ねた三郎に杣崎弥二郎が述べた。

「京都所司代さまのお召しとあれば、断ることはできぬ」

三郎は杣崎弥二郎の案内に従った。

京都所司代は二条城《にじょうじょう》に隣接している。京都御所、その北側の出入り口である今出川御門からは真逆になる。

だからといってさほど離れているわけではなかった。御所を斜めに突っ切るようにすれば、半刻《はんとき》（約一時間）ほどで着く。

「吉良上野介さまをお連れいたしましてございまする」

「通せ」

杣崎弥二郎の報告に、牧野佐渡守が応じた。

京都所司代の職務は多岐にわたる。最重要な役目は京都を他の大名たちに侵されないよう守ることだが、その他にも西国大名の監察、山城《やましろ》や丹波《たんば》などの京都近隣領の監督、朝廷との交渉などを担っている。

その多忙な牧野佐渡守がすぐに三郎との面談に入った。

「そなたがなぜ京にいるかなど些細《ささい》なことはどうでもよい」

「畏れ入りまする」

無断上洛について咎めないと言った牧野佐渡守に三郎が感謝した。

「訊きたいことがあって、呼び出した」

「答えられることであれば」

三郎がすべてをあきらかにする気はないと述べた。

「制限を付けるなど、京都所司代をなんだと思っておるのか」

牧野佐渡守が怒りを見せた。

「後水尾上皇さま、主上さま、近衛中納言さまのお話をお聞きになりたいと」

「京であったことすべてを知っておかねばならぬ。それが京都所司代としての役目である」

念を押した三郎に牧野佐渡守が応答した。

「お役目だと仰せられるならば、やむを得ませぬな」

三郎が嘆息した。

「うむ」

抵抗をあきらめた三郎に牧野佐渡守が満足げにうなずいた。

「ただかしこきところのことなれば、佐渡守さまにお聞かせしたと、お報《しら》せいたさねばなりませぬ」

「なんだとっ」

後水尾上皇らに牧野佐渡守にすべて語らせられたと言いつけるぞと返した三郎に、牧野佐渡守が絶句した。

「そ、そなたは御上の命をなんと心得るか。従わぬとなれば、そのままではすまさぬぞ」

牧野佐渡守が幕命だと脅した。

「御上に従えと」

近衛基熙に言われたように、牧野佐渡守の脅しなど後水尾上皇の気迫、中宮和子の冷淡、後西天皇の権威に触れた三郎にとって効果はなかった。

「中宮和子さまのお言葉は、御上にとっていかがなものでございましょう」

「……まさか、和子さまにお目通りをいただいたのか」

「我らのもとまでお運びいただき、お言葉を賜りました」

確認した牧野佐渡守に三郎が告げた。

「…………」

牧野佐渡守が頬をゆがめて黙った。

中宮和子は二代将軍の娘、四代将軍家綱の叔母に当たる。しかもその出自から考えて逆になるが、幕府を嫌っている。

その中宮和子に言いつけられれば、牧野佐渡守の未来は暗くなる。

「気に染まぬ」

中宮和子がそう幕府へいうだけで、牧野佐渡守は罷免、隠居となるのは確実、京都所司代に就任したことで与えられた一万石は召しあげ、さらに僻地《へきち》へ転封となりかねない。

「……御上のためである。知らせることを禁じる」

牧野佐渡守が幕府の名前を出して口止めをした。

「たぶんではございまするが、もう遅いかと」

「遅いとは、どういうことじゃ」

三郎の反論に牧野佐渡守が首をかしげた。

「与力どのから聞いておられぬのか」

「いや」

牧野佐渡守が首を横に振った。

「では、わたくしが近衛家に寄寓《きぐう》していたことは」

「存じておる」

今度は牧野佐渡守が首を縦に振った。

「近衛家の者が、付いていたことは」

「…………」

牧野佐渡守が黙った。

わざわざ見送りを断ったくらいである。近衛家の者が付いてきているはずはなかった。とはいえ、絶対ではなかった。

近衛基熙が気を利かせたとか、あるいは三郎たちが要らぬことをしでかさないようにと手配りをしたかも知れないのだ。

「与力どのは京都所司代の者だとお名乗りであった。見送りの者はそれを聞いてはおるでしょうな」

偽りかどうか怪しいところではあるが、三郎は堂々と牧野佐渡守に述べた。

「近衛中納言さまは……」

「仙洞御所へと報されたかと」

威圧を失った牧野佐渡守に、三郎が淡々と答えた。

「…………」

牧野佐渡守が表情を硬くした。

「さて、ではお話をいたしましょうぞ」

「ま、待て」

あからさまな嫌がらせを口にした三郎を牧野佐渡守が制した。

「なにか」

わざとらしく三郎が怪訝な顔をして見せた。

「話は聞かねばならぬ」

牧野佐渡守の勢いが落ちた。

「それがお役目であるからな」

「はい」

高家も役目である。役人にとってその任はなによりも大切なものであった。

「今回の上洛はなんのためか」

最初から牧野佐渡守が訊いてきた。

「従四位侍従という高位をいただけた御礼に」

「近衛中納言さまのお力添えだと申すのだな」

三郎の答えに、牧野佐渡守が確認をしてきた。

「そこまでは」

「では、なぜ近衛中納言さまのもとを訪れた」

「…………」

三郎は黙った。

「ふむ。やはり近衛中納言さまが、かつてお忍びで江戸へ下向されたという話は真《まこと》であったようじゃ」

牧野佐渡守は噂を摑《つか》んでいた。

「まあ、その辺りはよい。御上がなにも仰せではないのだからの」

幕府も知っていると牧野佐渡守が言った。

「はあ」

江戸城中の詳細は父吉良義冬でなければ、わからない。三郎は中途半端な返事をした。

牧野佐渡守が三郎と近衛基熙の間に何か約束があるのかと詰問した。

「なにか約したか」

「ともにその役目を真摯《しんし》に果たそうと」

別れの言葉を三郎が口にした。

「そうか」

「ご安心を。吉良家は徳川家の忠実な臣でございまする」

納得していなそうな牧野佐渡守に三郎が宣した。

「信用しよう」

牧野佐渡守がうなずいた。

「さて、これは余一人の興味である」

ここから先は役目ではないと牧野佐渡守が前置きをした。

「はい」

三郎が受けた。

「上皇さまは御上にご不満をお持ちではないか」

「わたくしの感じた限りではございまする。ご不満はお持ちのようではございまするが、それを表に出されるおつもりはないかと」

「では、中宮和子さまはどうであろう」

「かかわりたくないといったようにお見受けいたしましてございまする」

「…………」

後水尾上皇のところで安堵した牧野佐渡守が中宮和子のことを聞かされて沈黙した。

「もう、よろしいか。江戸へ戻りたいと考えておりますれば」

遅くなるのは困ると三郎が牧野佐渡守に辞去を求めた。

「かまわぬが、そなた物怖《ものお》じをしなさすぎるの」

牧野佐渡守が感心した。

「京に参って変わりましてございまする」

「なるほどな。無理もないわ」

三郎のあきらめ顔に牧野佐渡守が苦笑した。

第五章　帰途の峠

一

　旗本の嫡男といえども家督を継ぐ前は、部屋住みでしかない。どれだけ従四位下《じゅしいのげ》侍従《じじゅう》兼上野介《こうずけのすけ》という高い位階を得ていようとも、幕府における地位は当主に遠く及ばない。

「目付《めつけ》立花主膳正《たちばなしゅぜんのかみ》が家中の郷原一造《ごうはらいちぞう》である」

　急ぎ足で箱根《はこね》へ向かう郷原一造は、使用の許可を取っていないにもかかわらず、立花主膳正の名前を使い、六郷《ろくごう》の渡しに割りこんだり、問屋場の馬匹《ばひつ》を無料で借り出したりと好き放題をしながら道中を進んでいた。

「関所でなくば、捕まえられぬ」

郷原一造は三郎《さぶろう》がそこそこ剣を遣うと知っているし、なにより供をしている小林《こばやし》平八郎《へいはちろう》は剣客といってもおかしくはない腕だと分かっている。

その二人を街道筋で見つけたところで、とても郷原一造一人では手出しできない。

「お目付さまのご命じゃ」

そうわめいたところで、死人に口なし。斬り殺されてしまえば、ただの牢人《ろうにん》でしかなくなる。

「立花どのが家臣だと申しておった」

「知らぬ。当家にそのような者はおらぬ」

問い合わせたところで、まちがいなく立花主膳正は、寸瞬の迷いもなく郷原一造を切り捨てる。

「あれは吉良《きら》の息子を捕らえるために……」

などとかばおうものならば、

「どのような理由でか」

なにもなければ、目付の行動は同僚にも秘される。しかし、人死にが出たとなると話は変わってきた。

「意趣遺恨ではなかろうな」

「家臣が物盗《ものと》りを企てたという話も聞こえるぞ」

同僚こそ、役人にとって最大の敵である。やり方も抜け道も知り尽くしている。

なにより出世競争での敵なのだ。

それこそ、水に落ちた犬は叩《たた》けではないが、一人の好敵手を追い落とす絶好機とばかりに、仲間内の目付から厳しい質問が出される。

「目付の任は罪を明らかにするまで、秘事である」

とか、

「吉良に疑義在りゆえだ」

言いわけしたところで、同僚が納得するはずもない。

「やりすぎたの」

下手な対応をしてしまうと、郷原一造の件は立花主膳正の責任問題へと発展しかねない。いやそうしようと他の目付は動く。

「知らぬ。存ぜぬ。名前を使われて迷惑じゃ」

役人は保身ができて半人前、他人の足を引っ張って一人前。立花主膳正が郷原一造をかばうことは絶対になかった。

それを郷原一造もわかっている。わかっていて走狗《そうく》に甘んじているのは、他に生き延びる方法がないからであった。

「関所のなかなれば、目付の権威は通じる」

箱根の関所は当初遠国役《おんごくやく》の一つとして幕府から旗本、御家人が派遣されていた。しかし、交代に手間がかかることと大坂《おおさか》の豊臣《とよとみ》家を滅ぼしたこともあり、江戸《えど》から人を出すより譜代名門が入る小田原《おだわら》藩に任せて、負担の軽減をはかっていた。

「控えろ」

陪臣《ばいしん》の立場では、侍身分や神官僧侶《そうりょ》に強く出ることは難しいため、関所番をしている間だけ、幕臣格となる。

といったところでもとが小田原藩士であることに変わりはない。藩主でさえ、咎《とが》めることができる目付の名前は重い。

つまり関所は郷原一造にとって、幕府の権威と関所役人を配下として使える味方の陣であった。

「なんとしても先に関所を押さえねば」

のんびり旅をしていて、三郎たちが関所を通過してしまえば、それまでであった。

「目付の掟《じょう》である」

街道で三郎たちを取り押さえようにも、郷原一造だけでは無理なのだ。

「お目付を騙《かた》る痴《し》れ者めが」

三郎たちにそう反論されれば、郷原一造は言い返せない。当たり前のことだが、切り捨てる予定の走狗に、目付の命とわかるような書付などを渡すほど立花主膳正は馬鹿ではなかった。

「お力添えを願いたい」

小田原藩を含めた東海道《とうかいどう》筋の大名家へ助力を頼んでも、同じ理由で相手にはされない。

「任の内容をお教えいただきたい」

本物かどうか分からない目付の配下の言うことに黙々と従う大名はない。

「言えぬ」

高家《こうけ》吉良の嫡男を罠《わな》に嵌《は》めるなどと言えるはずはなかった。

「黙って従え。目付に逆らうか」

脅しにかかれば、

「江戸まで問い合わせをかけさせていただきまする」

まず郷原一造の主張が正しいかどうか、あるいは郷原一造が本物かどうかを確認する。

「……………」

止めれば郷原一造の信用は失墜し、協力は得られなくなる。だからといって江戸への問い合わせをさせれば、往復で四日は潰《つぶ》れる。なにせ目立つわけにはいかないので、早馬は使えない。

例外はあるが、基本として江戸市中で馬を駆けさせることは禁じられている。天下の城下町で、まだまだ膨張を続ける江戸は人が多い。繁華な場所ともなると、普通に歩いていても他人と肩が触れあう。

そこへ早馬などが突っこんでくれば、大惨事となる。それを懸念した幕府は、騎乗での駆け抜けを禁じていた。

そこへ早馬を出すようなまねをすれば、幕府から理由を問われることになる。

言うまでもなく、それを郷原一造は避けねばならなかった。

「早駕籠《はやかご》の代金くらい、くだされてもよいだろうに」

街道を早足で歩きながら、郷原一造が立花主膳正への愚痴を漏らした。

早駕籠とは担ぎ手が通常の二人ではなく、四人のものだ。さらに場合によっては先棒にくくりつけた木綿の引き手を持って先導する者をくわえるときもある。その速度は一人の武芸者が走るよりも速い。

そこに交代用の駕籠かき人足を四人ほど宿場で手配すれば、それこそ一昼夜を休むこともなく進めた。

普通だと七日ほどかかる江戸と京《きょう》を三日で走破できるが、当然代金は高い。人足に支払う日当、駕籠の借り賃、もろもろを合わせれば一日で一両は要る。そこに人足の宿泊、食事、休憩の茶代なども払わなければならなかった。

「間に合わねば、負けだというに」

郷原一造がため息を吐《つ》いた。

大名や高禄《こうろく》旗本の当主は、世間から隔絶されて生活している。己で財布に金を入れて、市中に出向いてなにかを買う、あるいは飯を喰《く》うなどといった経験をしていない。

欲しいものがあれば、用人《ようにん》に「あれを用意いたせ」そう命じるだけでほとんどのものが手に入る。

駕籠にしても屋敷にあるし、担ぐ人足である陸尺《ろくしゃく》も抱えている。

「贅沢《ぜいたく》である」

なにより身分によって駕籠に乗れるかどうかが決まっているのだ。立花主膳正が郷原一造に早駕籠をと考えることは思いも付かなかった。

だからといって、郷原一造にとって今回の仕事が切所なのはまちがいなかった。しくじれば立花主膳正から見捨てられる。さすがに刺客を送ってくることはないと思うが、もう二度と武家奉公はできなくなる。

目付をしくじった者を引き受ける者などいない。

そうなれば民に身を落とし、どこか山間《やまあい》の畑を開拓でもするか、商家で荷運びの差配をするか、建築現場でその日暮らしの人足になるか……あるいは腰の刀を使って切り盗り強盗、強請集《ゆすりたか》りをするかになる。

郷原一造は文句を言いながらも箱根関所を目指した。

二

一手を打ったからといってその結果をじっと待っているようでは、出世はできない。

立花主膳正は二の矢、三の矢を放とうと策を練っていた。

「吉良の息子が上杉播磨守《うえすぎはりまのかみ》の妹と婚姻の約束をなしただと」

城中の平穏を維持するという目付の役目には、噂の取り締まりも入る。

噂というのは真実とは限らなかった。

火のない所に煙は立たないということわざもある。噂の多くはどこかに真実を含んでいる。だが、なかには完全な悪意で捏造《ねつぞう》されたものや、面白おかしくねじ曲げられたものもある。

そして人というものは得てして、後者に興味を持つ。

風説の流布に踊らされて、江戸城中が不穏になることもあり得る。

そういったものを取り締まるのも役目と、目付たちは城中の噂を集めていた。

立花主膳正は手懐《てなず》けているお城坊主から話を聞いて驚いた。

「不釣り合いな……」

たしかに高家の身分は高いが、それでも三十万石の大名から姫をもらうというのはめったにない。

また米沢《よねざわ》上杉家は徳川《とくがわ》家に叛旗《はんき》を翻した家柄なのだ。その上杉家に保科《ほしな》肥後守《ひごのかみ》の姫が嫁ぎ、続いて吉良へ娘が輿入《こしい》れする。

前将軍の弟保科肥後守の娘を正室に迎える。これは上杉家に対し徳川がかつての敵対を許したという証《あかし》であった。

それに続いて吉良家の縁組である。乱世の吉良家は松平《まつだいら》家と対立していたが、家《いえ》康《やす》によって従属させられた。こののち、家康は吉良家の系図に細工をし、藤原《ふじわら》氏から源氏《げんじ》へと出自を変えている。

極端な言い方をすれば、吉良家は徳川家の本家筋に当たる。

その吉良と縁を結ぶ。

「米沢上杉家を御上は引き立てていかれるおつもりか」

立花主膳正が考えこんだ。

保科肥後守が信州《しんしゅう》と甲州《こうしゅう》の境目高遠《たかとお》から山形《やまがた》、そして会津《あいづ》へと移されたのは、将軍一門としてふさわしいだけの門地を与えるという意味と、米沢上杉、仙台伊達《せんだいだて》といった外様《とざま》大名を見張らせるためであった。

「会津に保科家があるかぎり、米沢の上杉は江戸へ兵を送れぬ」

立花主膳正が独りごちた。

米沢上杉家は、軍神謙信《けんしん》に率いられたということもあるだろうが、天下最強との呼び名も高い甲斐《かい》武田《たけだ》家と互角に戦った家柄である。

残念ながら世の流れを読み切れず徳川家と対峙《たいじ》、百二十万石といわれた所領のほとんどを失い、逼塞《ひっそく》とまではいかないがおとなしくしていた。

しかし、それが形だけだと幕府の誰もが知っていた。百二十万石から三十万石へ領地が減ったとなれば、人が余る。

所領が四分の一になったのだ、家臣の数もそれに合わせて少なくするのが普通であった。

「禄は減るが……」

米沢上杉家は家臣を減らすのではなく、禄を削った。

つまり家臣をそのまま抱え続けたのだ。

「ご負担をおかけするには忍びなし」

主家を慮《おもんぱか》って自ら身を引いた者や、

「先に望みなし」

米沢上杉家の未来を見限って離れていった者もいる。

だが、それは思ったよりも少なかった。

戦は石高で決まる。石高が多いと家臣の数が増える。そして兵が多いほど戦では有利に立つ。

米沢上杉家は石高を減らされたが、兵数はさほど落ちていない。

「まだ心底屈服しておらぬ」

幕府は米沢上杉家を警戒し続けた。

「江戸城の濠《ほり》を浚渫《しゅんせつ》いたせ」

「寛永寺《かんえいじ》の修繕を」

米沢上杉家だけではなく、幕府はまつろわぬ外様大名たちにお手伝い普請を押しつけ、財政に圧迫をかけた。

ようは軍資金を食い潰させたのだ。金がなければ戦はできない。いかに人が多くても、弓矢鉄炮《てっぽう》が揃わなければ、戦にはならない。

「改易を命じる」

それだけではすまさず、なにかあればすぐに幕府は大名を取り潰した。

無嗣《むし》断絶、跡取りがいないので取り潰すのがもっとも多いが、治政不十分、家内取り締まり不行き届きなど理由はいくらでも作れる。

実際、先代将軍家光《いえみつ》の世だけでも五十家をこえる大名がなんらかの理由でとり潰されていた。

「御上のお考えが変わったのだな、やはり」

立花主膳正が独りごちた。

三代将軍家光の死後、幕府の混乱に乗じて軍学者由井正雪《ゆいしょうせつ》が謀叛《むほん》を企《たくら》んだ。幸い、訴人があってことが起こされる前に終息したが、謀叛の原動力となったのは、主家を取り潰されて生きる場所を失った牢人たちであった。

「おのれ徳川め」

「このまま野垂れ死ぬくらいならばいっそのこと」

禄を奪われた牢人たちが持つ幕府への恨みを由井正雪は利用した。

「これはまずい」

家光が死に家綱《いえつな》へと代替わりする直前で、幕府が動揺していたというのもあるが、この騒ぎは幕閣に衝撃を与えた。

「むやみに大名を潰すべきではない」

幕府が方針転換をした。

この結果、大目付はその権を失い、目付たちの力が増した。

されども目付たちは、これを一時的なことと考えていた。

幕府が怖れているのは天下を失うこと、すなわち謀叛である。由井正雪の乱は少しやり過ぎただけで、いずれまた大名たちを取り潰す。

「大目付から権を奪ったのは、外様大名たちを油断させるため」

そうなったとき真っ先に狙われるのが、米沢上杉家あるいは仙台伊達家のはずであった。この両方、あるいはどちらかを潰せば、幕府は背後を気にすることなく、西国大名たちの対応に専念できる。

それが米沢上杉家と吉良家の婚姻で変わってしまった。

「米沢上杉家を許した。それは外様大名の居場所が幕府のなかにできたということ」

立花主膳正が結論に至った。

「どうするか。今、御上は吉良家を利用なさろうとしている。それを邪魔することになるのではないか」

今、立花主膳正をはじめとする目付が狙っているのは、高家が持つ江戸城中での礼儀礼法監察の権であった。

大目付から大名監察の権を譲られた目付は、増長してしまった。旗本しか監察できなかった千石内外の目付が数万石どころか百万石の大名にまで影響を与えられるようになった。

「監察はすべて目付の役目にすべきである」

そう思いあがった目付たちは、残った監察の一つ、高家が指導する礼儀礼法に手を伸ばした。

「高家には適用しない」

最初目付は、礼儀礼法にかかわることで高家を咎めないというなんの実利ももたらさないもので交渉しようとした。

「礼儀礼法は高家のもの」

要求は高家によって却下された。

当たり前であった。高家は礼儀礼法を指導することで、束脩《そくしゅう》あるいは礼金をもらっている。いわば禄に続く収入なのだ。それを目付はただで取りあげようとしている。首肯するはずはなかった。

「…………」

目付も高家が礼儀礼法を指南することで稼いでいることくらいは知っている。だが、それに見合うだけのものを目付は出せなかった。

目付は元高勤めで、手当として五百俵を与えられる。五百俵は実質二百石の増収になるが、清廉潔白を遵守しなければならない目付にとって有り余るというほどではなかった。配下の徒目付《かちめつけ》、小人目付《こびとめつけ》、黒鍬者《くろくわもの》などに小遣い銭をやらなくてもいいが、親戚づきあいから代々続けてきた副業などを止めなければならなくなる。また、目付をしたことで裕福になったと噂されれば、まずいことになった。

目付は質実剛健、質素倹約でなければならなかった。与えられた手当は、火事場見廻《みまわ》りのときに使う馬の購入、その飼育などで消えてしまう。

とても高家へ差し出す金はなかった。

「なれば、高家の罪を暴き、それを交渉の材料として……」

目付は高家の穴を探った。

そこで立花主膳正は攻めやすい見習いの三郎に目を付けた。見習いはいかに親から言い聞かされているとしても実践には慣れていない。少し揺らしてみせればたちまち動揺するだろうし、ぎゃくにおだてあげれば油断をする。城中になれた親世代の高家を相手にするよりははるかに楽だと立花主膳正は考えた。

「病気療養」

立花主膳正の企みに気づいたからこそ、吉良義冬《よしふゆ》は三郎を城中から引き離した。

そこにも立花主膳正は目を付け、郷原一造を箱根関所へと向かわせた。

そんなところに三郎の縁談、しかも仲立ちが将軍の叔父《おじ》の保科肥後守なのだ。

「少し引いて様子を見るか、それとも思い切って前に出るか」

通常ならば三郎への手出しを止める。下手を打って、保科肥後守に睨《にら》まれれば、目付といえども一撃で終わりを迎える。

いくら大名も監察できるといったところで、将軍家の一門に手出しなんぞできるはずはなかった。

「肥後守に謀叛の気配あり」

将軍へ直訴したところで、相手にされるはずはなかった。

「叔父を讒訴《ざんそ》するとはなにごとであるか」

それどころか立花主膳正が叱られる。

将軍から直接叱責《しっせき》された者の末路は憐《あわ》れなものと決まっていた。

「思し召されるところこれあり」

はっきりしない理由で、まず職を解かれる。

「目付の任にあるとき、恣意《しい》あり」

続いて在職中に思うように職務をゆがめたと咎められ、

「家禄の半分を召しあげる」

減封された。

「目通り敵《かな》わぬ」

酷《ひど》ければ目見え以下への身落ちもある。

旗本にとって目見えの格を失うほど辛《つら》いことはなかった。目見え以下は御家人となり、将軍の近くに侍《はべ》ることはできなくなってしまう。つまりは将軍の許しを得る機会がなくなるのだ。

「お付き合いは遠慮しよう」

「一門とは思わぬ」

他にも旗本としての交際は断ちきられてしまう。誰も身落ちをさせられるような者とかかわって巻きこまれたくはない。

「これを利用できぬか」

黙って引くようでは、出世など無理であった。

こういった状況をうまく利用して、己の機に変える。たしかに一つまちがえれば、身の破滅だが、うまくこなせば立身の足がかりになってくれる。

「郷原一造がうまくやれば、それを表沙汰《おもてざた》にせず、保科肥後守さまの耳に入れる」

婚姻の仲立ちというのは、かなり重い責任を持った。親代わりに近いだけに、保科肥後守は三郎の身を保証する義務が生じた。

もし、三郎が関所で捕まりでもしたら、保科肥後守にも影響は及ぶ。それを事前に止めれば、保科肥後守は立花主膳正に借りを作ったことになる。

「保科肥後守さまに恩を売るというのもいいな」

立花主膳正が呟《つぶや》いた。

「しかし、それでは旨味《うまみ》が少ない」

小さく立花主膳正が首を左右に振った。

保科肥後守は三代将軍家光が見いだした人材である。まちがいなく有能ではあるが、四代将軍家綱の腹心からすれば、目の上のたんこぶであった。

「ならぬ」

どのような施策を打ち出そうとも、保科肥後守が拒否すれば終わる。

せっかく家綱のもとで老中《ろうじゅう》になりながら、政を差配できない。

「飾り」

「小間使い」

幕政最高の地位であるはずの老中が、保科肥後守の指図で動く。

これを屈辱と思わないようでは、老中まではあがってこない。

「酒井《さかい》雅楽頭《うたのかみ》さまに持ちこむか」

立花主膳正が酒井雅楽頭忠清《ただきよ》の名前を出した。

酒井雅楽頭忠清は、徳川四天王の一つ酒井家の流れを汲《く》む名門大名である。家綱がまだ西の丸にいた世子のときから仕え、将軍となったのに合わせて本丸老中となった。

その祖を徳川家と同じくする酒井家は、譜代大名のなかでも格別の扱いを受けてきた。

それだけにいかに前将軍の弟といえども、一代の成り上がりに近い保科肥後守へ反発心を持っている。

「保科肥後守さまの失点を酒井雅楽頭さまに渡せば……」

現代の権力者は媚《こ》びを売られ慣れている。そこに目付ごときがすり寄ったていどでは名前を覚えてもらえるかどうかさえ怪しい。

対して不遇の状況にあるときに味方すれば、当然感謝の気持ちも大きくなる。

「いずれ、いや、近いうちに保科肥後守さまは退かれる」

保科肥後守はすでに老齢に入っていた。

なにより先代の遺臣は、主君の交代に合わせて身を退くというのが慣例である。

「家綱のことを頼む」

三代将軍家光がそう遺言したので、まだ幕閣の中心にいられるが、いつまでもとはいかない。

「ご苦労であった」

自身と腹心で政を動かしたいと家綱が考えた段階で、保科肥後守は隠居させられる。そうなったら、幕府は酒井雅楽頭らのものになる。

「次代を見るが得策か」

立花主膳正が酒井雅楽頭に付くと決断した。

「ならば、話を通しておかねばならぬ」

いきなりお味方します、これが保科肥後守を排除するためのものでございますと、三郎を連れていったところで受け入れてくれるとは限らない。

「獅子《しし》身中の虫ではないか」

まず保科肥後守の罠ではないかと疑われる。

高家の嫡男で従四位侍従兼上野介を獲物とするのだ。酒井雅楽頭が受け入れるかどうか迷うだけでも危ない。どこからか立花主膳正が三郎を捕えたという話が漏れることはある。

酒井雅楽頭が三郎を受け取るまでに話が漏れればこの策は破綻《はたん》、酒井雅楽頭は立花主膳正を見捨てる。

「城中はまずいな」

目付はその任の性格上、若年寄《わかどしより》支配となっていた。

老中が天下の政を担当する。若年寄は旗本を支配し、徳川家の内政を差配する。若年寄を経験した者が京都所司代《しょしだい》、大坂城代を経由して老中へと昇っていく。

若年寄支配の目付が老中と何か話をしてる。周囲が注目するのは当然のことであった。

「酒井雅楽頭さまのお屋敷ならば」

老中は幕府役人の頂点になる。

その知己を得るあるいは引き立てを受けたいという者は多い。それこそ老中の屋敷にはそう言った考えを持つ者、幕府出入りあるいは大奥御用達《ごようたし》の看板を欲しい商人などが山のように訪れていた。

「面体さえ割れねば、紛れこむこともできよう」

いくらなんでも目付が老中へ願いごとをするというわけにはいかなかった。それこそ清廉潔白、中立を旨とする目付の名前にかかわる。

「一度屋敷へ戻り、着替えて笠《かさ》でもかぶればよかろう」

目付は一目でわかるように黒麻の裃《かみしも》を身につけている。このまま酒井雅楽頭の屋敷に行けば、いくら顔を隠しても目付だとわかってしまう。

立花主膳正が腰をあげた。

老中の執務は昼の八つ（午後二時ごろ）までとされていた。

「上役が遅くまで仕事をしていては、下僚は下城できない」

一応、そう理由づけられているが、実際は屋敷を訪れる者たちを処理するためではないかと思われても仕方ないほど来客は多かった。

「手早くすませるぞ、通せ」

酒井雅楽頭が屋敷に戻って来るなり、用人に告げた。

「はっ」

用人が来客を案内するために動いた。

「会わぬ。御用の邪魔である」

老中のなかには来客を面倒がって断る者もいたが、酒井雅楽頭はどれだけ忙しくともできるだけ応対をするようにしていた。

「どのような話が聞けるかわからぬ」

老中という立場は強い。いろいろな情報が老中のもとへ集まってくる。ただ、すべてとは言えなかった。

「耳に入れるわけにはいかぬ」

「このようなことをお聞かせしてご機嫌を損ねては……」

ようは老中の耳に心地よい話しか入ってこなくなる。

それがどのような結果をもたらすのか、酒井雅楽頭はよく知っていた。

他に人脈作りの意味もある。

とはいえ、来た客のすべてに酒井雅楽頭が対応をしてはいられない。それこそ夜が更けるまでかかってしまう。

「選別を」

会うべき客か、追い返すべき客か、用人ですむ客か、酒井雅楽頭はその差配を用人に任せていた。

「殿、近江膳所《おうみぜぜ》の本多《ほんだ》さまが家老立川図所《かろうたちかわずしょ》さまでございまする」

その日最初の客が酒井雅楽頭のもとへ現れた。

「……ふう」

すでに一刻《いっとき》半（約三時間）、来客の対応をしていた酒井雅楽頭家用人柴田内記《しばたないき》が小さく嘆息した。

「今日はいつもに増して多いわ」

用件を聞いての来客の選別、主《あるじ》のもとへの案内、柴田内記はまさに休む間もなかった。

「お次の御仁」

老中の用人となれば、その権威は陪臣ながら直臣《じきしん》を上回る。

旗本といえども柴田内記の機嫌を取る。

「陪臣風情が……」

などと言って柴田内記を怒らせれば、

「お通しできませぬ。おかえりを」

酒井雅楽頭に会えるどころか、話の内容を聞いてもらえず、追い返される。

「よしなに願う」

辞を低くして用人柴田内記が待つ玄関近くの客間に立花主膳正が入った。

「旗本立花主膳正でござる」

「立花さま……お目付の」

重要な役職に就いている者の名前くらいは覚えていなければ、老中の用人なぞ務まらない。

すぐに柴田内記が気づき、雰囲気を変えた。

「お目付さまが御用とは」

「直接雅楽頭さまにお話しする」

用件を問うた柴田内記に立花主膳正が要望した。

「申しわけございませぬが、それはできかねまする」

目付だからと認めていては、いずれ用人の篩《ふる》いは意味をなさなくなる。

柴田内記が首を左右に振って拒んだ。

「天下の大事である」

「主は毎日、その大事に立ち向かっておりまする」

脅すように告げた立花主膳正を柴田内記がいなした。

「むっ……」

否定することはできなかった。否定すれば酒井雅楽頭の、老中の役目を軽視していることになる。

一瞬詰まった立花主膳正だったが、気を取り直した。

「会津にかかわることである」

「……会津でございますか」

名前を出してはいないが、これで柴田内記にも保科肥後守のことだと通じる。

「もう少しお聞かせをいただきますよう」

柴田内記が立花主膳正に求めた。

「外に漏れては、この身が危ないのだぞ」

保科肥後守と敵対して生き残れる役人はいなかった。

「もう遅いかと存じまする」

嘆息しながら柴田内記が続けた。

「当家へ出入りなさるお方を会津さまが見張っていないはずはございますまい」

「面体は隠した」

柴田内記の言葉に立花主膳正が反論した。

「笠のなかを覗《のぞ》き見るくらいはさほど難しいことではありませぬ」

「どうやって」

立花主膳正が驚いた。

「お並びの最中、前後におられた方のことを確認なさいましたか」

「いや」

柴田内記の質問に立花主膳正が首を横に振った。

「前後だけではございませぬ。前々後々にいたお方もでございますが……それらのお方の前で笠を取られましたでしょう」

「取った」

立花主膳正が認めた。

他家を訪れるときは、門を潜る前にかぶりものを取るのが礼儀とされていた。礼儀礼法を高家から奪おうとしている目付が、それを破るわけにはいかなかったし、門を通れば外からの目は届かない。

「まさかっ」

油断だったと気付かされた立花主膳正が目を大きくした。

「お見えの皆さまが、すべて当家のお味方とは限りませぬ。いろいろと探りを入れてこられているお方の手の者であったり、目新しいお方や注意すべき御仁の姿を確認して、それを諸方へ報《しら》せるというお人もおられまする」

「なんという。他人を売るなど、武士の風上にもおけぬ輩《やから》ではないか。そのような者を貴家は見逃しておられる」

「咎め立てることはできませぬ。もしまちがいであれば、他人を見る目がないと主の名前に傷が付きまする。さらにあからさまにそうだとわかって取り押さえたところで、どうやれば罪に問えるのでございましょう」

憤慨した立花主膳正に柴田内記が尋ねた。

「…………」

あらためて訊《き》かれた立花主膳正が沈黙した。

大名、旗本の非違《ひい》を咎めるのは目付の役目であり、町人を捕まえるのは町奉行《まちぶぎょう》の仕事、神官僧侶は寺社奉行《じしゃぶぎょう》の管轄、他職の権への手出しは老中といえども許されなかった。

「わかっていて、何の対処も……」

「いたしませぬ。出入り禁止にしたところで新たな手が送りこまれるだけ。ならば、誰がそうなのかわかっていたほうが、なにかと便利でございましょう」

息を呑《の》んだ立花主膳正に柴田内記が口の端をゆがめた。

「…………」

「さて、もう少しお話をいただけますな」

再度黙った立花主膳正に柴田内記が先を促した。

三

三郎の婚姻相手を知った上杉宮内大輔が静かに、まだ盛り上がっている吉良義冬たちの側から離れた。

「吾《わ》が娘を嫁がせようと思っておったが……出遅れたわ」

上杉宮内大輔が独り言を呟いた。

高家の上杉は、関東管領《かんとうかんれい》の上杉謙信の計らいで断絶していた上条《じょうじょう》上杉氏を外孫にあたる能登《のと》守護の一門畠山義春《はたけやまよしはる》に上杉景勝《かげかつ》の妹の婿として迎え継がせたことに端を発する。

もっとも義春は養子がよほど嫌だったのか、子を三人産ますだけ産ませてから上杉家を出奔、畠山姓に復帰してしまった。

いきなり当主を失った上条上杉家は、義春が残していった次男長員《ながかず》を当主にして存続を図った。この長員が徳川家康に仕え、高家上杉の初代となった。

今の当主長貞《ながさだ》は長員の次男であった。兄の死を受けて当主となった人物で、一男二女がいた。このうち、長女はすでに嫁ぎ、二女だけが残っていた。その二女を三郎に嫁がせようと上杉宮内大輔は考えていた。

だが、三郎の正室は、血筋を同じくする米沢上杉氏から出ると決まった。

「これで吉良も一門といえば、一門ではあるが……」

上杉宮内大輔が苦い顔をした。

養子を嫌った祖父義春は、関ヶ原《せきがはら》の合戦で東軍に属しながら、その後なぜか豊臣家に仕え、大坂冬の陣が始まる直前まで大坂城にいた。

「とても勝てぬ」

畠山義春はやはり豊臣家を見捨てた片桐且元《かたぎりかつもと》と供に大坂城を脱出、夏の陣では徳川方として参加した。

豊臣家滅亡後、畠山義春は後足で砂をかけるようなまねをした米沢上杉家へ詫びを入れて許され、一門衆となった。

上条上杉の初代長員の兄にあたる畠山景広《かげひろ》は米沢上杉氏の家老として、その家を息子政利《まさとし》に譲っている。

もう一人、上杉長員の弟畠山下総守義真《しもうさのかみよしざね》は徳川家康に仕え、秀忠《ひでただ》の代に高家となっている。

陪臣となった長兄の家はまだよかった。問題は上条上杉の家督を長員に押しつけて、父義春とともに出奔した弟義真、宮内大輔長貞にとっての叔父にあった。

当時の上条上杉氏は上杉謙信の庇護《ひご》下にあるだけで、自前の領地を持っていなかった。そのため、謙信亡き後に起こった上杉家の家督相続争いで放浪の身とまではいかないが、庇護を失った。

それが契機となり、関ヶ原の合戦に東軍として参加、家康から一千四百九十石をもらうことが出来た。

それに比して、三男義真は庇護してくれた豊臣家を見限って徳川に味方し、大坂の陣の後、三千百二十石もらっている。

上杉宮内大輔の倍以上なのだ。

「米沢も米沢じゃ」

不満は米沢上杉氏にもあった。

現当主上杉綱勝が父定勝《さだかつ》の急死にともなってわずか八歳で家督を継いだとき、米沢上杉は、上杉宮内大輔長貞ではなく、畠山義春の息子義真を後見人とした。

当然、上杉綱勝が登城するときは畠山義真が同席、城中での対応などを指導、お陰で上杉綱勝は無事に過ごした。

これに米沢上杉家は深く感謝し、畠山家へ高額な謝礼を支払ったのみならず、節季ごとの付け届けも手厚い状態で続けている。

「頼るべきは、吾であろうが」

上杉宮内大輔は米沢上杉家にも良い感情を持っていなかった。

ようは手に入れられたはずの余得が消えたことが腹立たしかった。

一千四百石余り、これは高家のなかでは少ないほうであった。

高家は持ち高勤め、上洛《じょうらく》しようが、城中を監察しようが手当はない。

さらに上条上杉は従四位という高家でも高位になる。禄高とは別の、官位に応じた付き合いをしなければならなかった。

従四位にふさわしい付き合いはかなり金がかかった。身につけるものでも、従五《じゅご》位《い》と従四位では材質からして違う。なによりも他家との付き合いが大変であった。

嫁をもらう、娘を嫁がせる。これにも制限がかかった。

上杉宮内大輔の禄だと、そういった縁組をするに苦労はしなかった。千石から二千石といったあたりは、かなり数も多いからだ。

しかし、その辺の旗本と上杉宮内大輔家は婚姻できなかった。

旗本でも役職について、幕府の許可をもらわないと官位はもらえない。かなりの高禄となる三千石でも無役を続けて代々官位を持たないといった旗本とは縁をつなげない。

悪くとも千石以上で従五位の官位を与えられた家柄でなければ、上杉宮内大輔に悪評が付いた。

「格落ちと」

「よほど相手がおらぬと見える」

高家が陰で嗤《わら》われる。

「宮内大輔どの、困るの」

「お役目が重荷のようなれば、高家を辞されてはいかがか」

同僚の高家から嫌味も喰らう。

なにより朝廷の公家《くげ》が厳しい。

「……………」

「なにをなさりにお見えでおじゃる」

上洛した上杉宮内大輔は無視されたり、鼻であしらわれる。

「役に立たぬ」

高家は幕府にとって有利となるように朝廷と交渉するのが役目である。その役目が果たせなくなってしまえば、

「役目を解く」

上杉宮内大輔は高家でなくなる。

高家でなくなった名門の裔《えい》など、凡百の旗本よりも居場所がなかった。

「小普請組《こぶしんぐみ》入りを命じる」

世襲で高家を受け継いだ家がその役を失うとなれば、懲罰以外にない。

そして懲罰を受けた旗本は小普請組へと組みこまれる。

懲罰小普請という言葉があるように、一度そこへ落ちたらまず浮かび上がれなくなる。無役が何代か続けば、上条上杉氏のことなど誰も気にしなくなってしまう。米沢上杉家が上条上杉氏ではなく畠山義真を選んだ段階で、上杉宮内大輔の価値は軽くなった。

「このままでは……」

上杉宮内大輔が焦ったところに、三郎が現れた。

吉良家は武家の名門であり、禄高も四千石と多い。

「娘の輿入れ先としては最高だ」

上杉宮内大輔が三郎に二女を嫁がせたいと考えた。

ただまだ見習いで出てきたばかりの三郎にいきなり娘をもらえと迫るのは、名門としてはしたなさ過ぎる。

「一度屋敷へ招いて、それとなく会わせて」

上杉宮内大輔は思案した。

武家の婚姻は家同士のものになる。基本は間に立つ人がいて、その仲介をもって婚姻が決まる。仲立ちの人物の面目もあるため、話ができた段階でまず婚約はなる。

何度も言うようだが、家の繋がりのために婚姻をなす。とはいえ、男と女のことだ。好いたほれたがまったくかかわりないとは言えなかった。

「気に入りまして」

女の方からはまずないが、男が女を見そめてということもある。

吉良家が納得するだけの仲立ち人を用意できそうにない上杉宮内大輔は、三郎と娘を直接会わせて、話を決めさせようとした。

とはいえ、見習いとして登城したばかりの三郎は覚えることが多く、かなり忙しい。

「当家で茶会を」

そんなときに誘いをかけるのは悪手であった。

「せっかくながら、なにかと雑用がございますゆえ」

断られるのは当然、下手をすると気遣いのできぬ人物として忌避されかねなかった。

「機を見て」

様子を窺《うかが》っていた上杉宮内大輔が驚いた。

「従四位侍従兼上野介に任じる」

まだ見習いでしかない三郎に、高家のなかでも高位にあたる官職が与えられたのだ。

「絶対に逃せぬ」

上杉宮内大輔が勢いこんだ。

「祝いの席を」

誘う口実もできた。

だが、その前に三郎が病気療養として登城しなくなった。

まさか病気と言っている相手を招くというわけにはいかない。

「帰って来次第……」

快気祝いと口実も増えた。

上杉宮内大輔が手ぐすね引いて待っていたところへ、今回の婚姻話である。それも仲立ちが保科肥後守、とても上杉宮内大輔では敵わない。

「おのれっ」

手が届かないと分かった途端、好意は憎しみに変わる。

上杉宮内大輔は易々と婚姻を受け入れた吉良義冬を口のなかで罵《ののし》った。

「潰してくれる」

三郎と三姫の婚姻はほぼ確定したとはいえ、まだ幕府の許しは下りていない。

外様大名の婚姻に幕府は気を尖《とが》らせていた。婚姻というのは、戦国での同盟に匹敵する。

「倒幕を」

「徳川を討つ」

今やそのような気概を持つ大名はいないが、それでも警戒は怠れなかった。

本能寺《ほんのうじ》で織田信長《おだのぶなが》が明智光秀《あけちみつひで》の謀叛に斃《たお》れたことで天下は織田の手からこぼれた。たしかに豊臣秀吉《ひでよし》も織田といえば織田なのだが、それでも織田幕府はできることなく終わった。

そして天下人となった豊臣家も秀吉の死とともに滅んだ。

天下は一代の英雄によってまとめられ、その死をもって滅びに向かう。これを徳川家はよくわかっていた。なにせ目の前で織田と豊臣が天下を失うのを観てきたのだ。

徳川家もその定めに従うならば、家康が死んだことで滅びに向かっている。これを止めることはできなかった。ただ、延命はできた。その延命策の一つが潜在的な敵である外様大名に力と機会を与えないことである。

ゆえに徳川家は外様大名の婚姻に厳しい目を向けた。

「保科肥後守さまが仲立ちとなれば、今回は早いだろう」

上杉宮内大輔は幕府の許可は近いうちに出ると予測した。

「婚姻を潰すには、どちらかの家に不祥事を起こさせるのが早い」

体面を気にする武家は、婚姻を約していてもなにかあれば縁を切った。

「どちらが楽だ。吉良か、米沢上杉か」

猶予はない。上杉宮内大輔が思案に入った。

四

京を出た三郎と小林平八郎の主従は、三河《みかわ》の領地へ寄って残しておいた従者と合流すると江戸への帰途についた。

「疲れたの」

三郎が小林平八郎に話しかけた。

「はい。失礼ながら……気疲れいたしました」

小林平八郎も同意した。

「気疲れか……そうだな」

「旅の疲れというのもございますが、それよりも雲の上のお方にお声をかけていただいたことが……」

うなずく三郎に小林平八郎が首を小さく左右に振った。

小林平八郎は吉良家で用人をやっている小林平右衛門《へいえもん》の跡取りである。

旗本の用人というのは、大名家でいうところの家老にあたり、藩主の姫が降嫁することもあるほどの重職であった。

といったところで陪臣には違いなく、将軍家に目通りはできなかった。

また小林平八郎は三郎と同じく部屋住みであり、他家との交渉などをした経験はなかった。つまり、小林平八郎が会ったことがある人物のなかでもっとも偉いのが、従四位左近衛《さこんえの》少将《しょうしょう》吉良義冬だった。

従四位という武家ではほぼ最上になる官位を持つ吉良家で奉公をしている関係で、実地はまだながらその辺の旗本や大名には気後れしない。

とはいえ、今回は至高、至尊が相手になった。

無官ゆえに、禁裏へは上がらず、車止めで控えていたため、後西《ごさい》天皇に謁見を賜ることはなかったが、後水尾《ごみずのお》上皇には声をかけてもらえた、どころか、今、腰に差している太刀をいただいた。

無銘とはいえ、後水尾上皇の愛刀を賜る。諸大名の誰もなしていない快事であった。かろうじて将軍家がかつて後水尾上皇が天皇だったときに宝剣を下賜されているだけで、陪臣へ渡したことはなかった。

「普段遣いでなければ、意味はない。宝物をくれてやったわけではない」

後日、近衛基熙《このえもとひろ》から後水尾上皇のお考えを聞かされた三郎と小林平八郎は、どちらも家宝とすべき刀を差し料にしている。

「これが公方さまからの下されものならば許されざる行為だな」

無意識に刀の柄《つか》に手を触れた小林平八郎の考えを三郎は悟った。

高家でも格別の扱いを受ける吉良家には、代々の将軍家からの賜りものが数多くあった。衣類、茶道具、刀剣、絵画とあらゆるものにわたっているが、それを吉良家はよほどの来客か、虫干しでもなければ、蔵に仕舞いこんでいた。

「傷が……」

「壊した」

将軍家拝領品は、家宝中の家宝である。万一のことがあったときは、当主が切腹しなければならなくなる。

言うまでもなく、拝領品をもらえるというのは寵臣《ちょうしん》の証であり、家門の誉れであった。と同時にとてつもなく管理に気を遣わなければならない厄介でもあった。

「先代さまより茶碗《ちゃわん》を拝領したと聞いた。どのようなものか見たい」

不意に将軍から拝領品を見せろと言われたり、

「ご拝領の品について調べたきことあり」

目付が拝領品の確認に来たりする。

そのときに、拝領品が無事であれば問題はないが、金に困って売った、もしくは酒に酔った当主が手を滑らせて割ったなどの瑕疵《かし》があれば、大事になる。

そのため、吉良家を始めとする拝領品をもらった家では、蔵の奥へ隠すように仕舞っているのが普通であった。

将軍家からの拝領品でさえ、そうなのだ。

後水尾上皇からの下賜の品となれば、それこそ専用の蔵を造り、専任の番士を付けて厳重に保管しなければならなかった。

「道具は遣ってこそ意味がある」

後水尾上皇の考えは正しい。

飾られた刀では身を守ることはできないし、後水尾上皇に迫る悪意を払うこともできない。

とはいえ、振り回して欠けでもしたらと、もらったほうは身の縮む思いをしていた。

「若殿さま」

「なんじゃ」

真剣な表情の小林平八郎に三郎が応じた。

「上皇さまの思し召しではございまするが、わたくしは今回の旅が終われば、この刀を蔵に収め、代替わりのときにだけ床の間に飾らせていただこうと思いまする」

小林平八郎がやはり家宝にすると言った。

「そうすべきだ」

三郎はあっさりと認めた。

下賜の刀は小林平八郎に張りと誇りを与えた。まちがいなく小林平八郎は一枚腕を上げた。

それが後水尾上皇の言葉であり、下賜された刀のお陰なのもまちがいはなかった。

それだけに下賜の刀になにかあったら、小林平八郎は折れかねない。

三郎にとって下賜の刀よりも、小林平八郎のほうがはるかに大事であった。

「吾もそうするか」

無銘だけに他人に後水尾上皇からのいただきものとはまずわからないだろうが、それでも絶対とはいえなかった。

なにより、三郎の扱いが違う。吉良家に秘蔵されている銘刀よりも無銘の刀を大事にしていれば、いずれ世間の疑いを招くことになる。

「お差し料拝見」

相手の刀を見せてもらうという行為は、よくおこなわれている。己の命を預ける刀を一度とはいえ、相手に渡すことになる。なにかあっては困るので、細かくやり方は決められているが、それでも隅々まで確認できた。

「中子《なかご》を見せていただいても」

刀を鍛えた鍛冶《かじ》職人が、その証として柄のなかに普段は隠れている中子に名前や花押《かおう》、号などを刻む。これを見れば誰の作かは一目瞭然《りょうぜん》、また目利きになると銘を見るだけで本物か偽物かを見抜く。

「無銘でございますが」

見てもなにもないぞと言ったところで、求められれば応じるしかない。

らないと取られることもある。

「それは御免蒙《こうむ》ろう」

断れば、銘刀とは偽りだと疑われるだけでなく、場合によっては盗品なので見せられないと取られることもある。

「この跡は……」

中子は刀身と違って、ていねいに研ぎをされることはまずなかった。となると中子には刀を打つ途中でできた槌《つち》跡や粗研磨の傷などが生々しく残っている。

「誰々の作と見ました」

刀身を彩る刃文、刀全体の姿、反りなどと合わせれば、それでどの刀鍛冶の手によるものかをあてる目利きもいる。

「おそらく菊一文字流。それでいてこの長さ、鞘《さや》の造り、鍔《つば》の形などから……朝廷へ収められたもの」

腕利きの目利きともなると、そこまで至る者もいる。

三郎にも後水尾上皇からもらった刀への愛着はある。それでも吉良の家と天秤《てんびん》にかけるほどではないとわかっていた。

「急ごう、江戸が恋しくなって参った」

「はい」

三郎の号令に小林平八郎が首肯した。

郷原一造は箱根関所に着いた。

「並ばれよ」

門番が関所に入ろうとした郷原一造を制した。

箱根関所は幕府が設けたというのもあり、武家には甘い。手形が要らず、名前と身分を告げて、どこへ行くかを話せばすむ。また、関所が混雑して待ちが出たときでも武士は優先される。並んでいる町民たちを横目にして、すんなり入れた。ただし、これには武士が順番待ちをしていないという条件が付いた。

「お目付立花主膳正さまが臣郷原一造である。関所番頭と話がしたい」

郷原一造が門番足軽に告げた。

「お目付さまの……しばし、しばし、お待ちください」

慌てて門番足軽が関所の建物へと走っていった。

「…………」

郷原一造は腕を組んで待った。

「どこじゃ、お目付さまは」

顔色を変えた関所番頭が足袋裸足《たびはだし》で建物から出てきた。

「あちらで」

門番足軽が郷原一造のほうに手を向けた。

「たわけがっ。門外で立たせたままとはなにごとぞ」

関所番頭が門番足軽を叱りながら、走り寄ってきた。

「お目付さま……」

側に来た関所番頭が、郷原一造の姿を見て困惑した。

目付はどこへ行こうとも役儀ならば、黒麻裃を身にまとう。しかし、郷原一造は旅塵《りょじん》にまみれた羽織袴《はかま》であった。

「率爾《そつじ》ながら、貴殿は」

関所番頭が郷原一造に名前を問うた。

「目付立花主膳正の使者、郷原一造である」

「お目付さまの使者……」

名乗った郷原一造に関所番頭が怪訝《けげん》な顔をした。

目付の使者というのはなかった。そもそも目付が使者として出向くのだ。改易になった大名家への通達、城郭の受け取りなど、目付が上使となる機会はままあった。

例外的に目付が使者を出すこともあった。しかし、その場合は相手の身分に応じて、徒目付、小人目付を遣う。

郷原一造が己の役職を言わなかったため、関所番頭は戸惑ったのであった。

「内々の者だ」

郷原一造は密命だと口にした。

「……内々」

一層関所番頭の表情が怪訝なものになった。

「そなた、名は」

郷原一造が問うた。

目付立花主膳正の使者と名乗った以上、その言葉は険しいものになった。

「箱根関所番頭、小田原藩士小角清左衛門《こかどせいざえもん》でございまする」

関所番頭が頭を垂れた。

「うむ。どこか他人目《ひとめ》のないところへ案内をいたせ」

「承知いたしましてございまする」

話を聞くまでは郷原一造を目付のかかわりとして扱うと決めたのか、小角清左衛門が先に立った。

箱根関所には旅人を検《あらた》める土間付きの広間とそれぞれの役職に応じた休息所があった。

「こちらへ」

小角清左衛門は郷原一造を控えの間へと案内した。

「早速でございますが、密命とはなにかをお聞かせいただきたく」

関所は毎日多くの旅人で賑《にぎ》わう。それこそ休憩が取れないほど役人は忙しい。なにより関所番頭でなければ相手ができない大名行列や身分ある人物がいつくるかわからないのだ。

小角清左衛門が雑談をすることなく、用件を問うたのも当然であった。

「むっ」

茶さえもでない。対応の冷たさに郷原一造が不満そうな顔をした。

「お話を」

わかっていて小角清左衛門はもう一度促した。

「……吉良左近衛少将どのが御嫡男どのの顔を存じおるか」

「吉良さまの。存じませぬ」

諸藩の家臣にとって高家などかかわりのある相手ではない。小角清左衛門が首を横に振った。

「知らぬか」

郷原一造が落胆した。

「それで、その吉良さまの御嫡男さまがいかがなさいました」

小角清左衛門が続けて訊いた。

「まもなくこの関所を通るはずである」

「関所を。それがなにか」

武家の関所通過は問題なく認められる。相手が吉良であろうが、どこぞの藩士であろうが、名前を告げて行き先を言ってくれれば、通過を止める理由はなくなる。

「捕まえなければならぬ」

「なぜに」

いかに江戸の事情に疎い小田原藩の国元藩士でも、それがまともなことだとは思えなかった。

「高家といえば、格別のお家柄と伺っておりまする」

「目付は高家も監察できる」

小角清左衛門の疑問に郷原一造が目付の権威を振りかざした。

「なるほど。それはわかりましたが、どのような理由で高家の嫡男さまを捕縛いたすのでございましょうか」

名目を小角清左衛門が気にした。

「秘事である」

「それはあまりでございますな」

小角清左衛門が理由は言えないと拒んだ郷原一造にあきれた。

「きさま目付の指図に逆らうつもりか」

郷原一造が声を荒らげた。

「外に聞こえまする」

小角清左衛門が郷原一造を宥《なだ》めた。

「む、むう」

せっかく他人目のないところへ来た意味がなくなる。郷原一造が息を整えた。

「高家のご嫡男さまを捕縛するだけの理由を開示願いたい」

「それはできぬ。目付の任は秘される」

またも尋ねた小角清左衛門に郷原一造が拒否を返した。

「では、お断りをいたしまする」

「なにを。目付に反すればどうなるかわかっておるのか。そなたの主どのが咎めを受けることになる」

郷原一造が脅した。

「秘事でございましょう。表沙汰にできぬことで、どうやって殿を咎めると」

「……………」

痛いところを突かれた郷原一造が黙った。

「お断りをいたしましょう。関所は厳重なもの。それを破られるなど当家の武名にかかわりまする」

「……関所破りとする」

関所破りは重罪であった。見つかれば事情の如何《いかん》にかかわらず、死罪磔《はりつけ》となる。

「それに関所は公正でなければなりませぬ。冤罪《えんざい》などとんでもない」

小角清左衛門が強く拒絶した。

「……………」

郷原一造が黙った。

「御用がございますゆえ、これにて」

小角清左衛門が腰をあげて出ていった。

「……まずい」

残った郷原一造が頬をゆがめた。

「なんとかせねば……」

郷原一造が必死に頭を巡らせた。

このまま江戸へすごすごと戻ることはできなかった。

「……あのう」

悩んでいた郷原一造に声がかかった。

「なんだ」

思考を邪魔された郷原一造が機嫌の悪い声を出した。

「番頭さまが、そろそろ出ていただきたいと」

「………」

おずおずと言った門番足軽に、郷原一造は沈黙した。

「かかわりのないお方を関所内に留めるわけには参りませぬので」

門番足軽が逃げ腰で続けた。

「わかった」

最大限の譲歩だと郷原一造は理解した。

郷原一造は名前と立花主膳正の使者だとは口にしたが、己が何者かを語ってはいなかった。それこそ不審者として捕まえられても文句は言えない。

「このまま三島《みしま》へと抜けていただきたいと」

門番足軽が小角清左衛門の言葉を伝えた。

「三島へと申したか」

「へい」

確かめた郷原一造に門番足軽が首を縦に振った。

「他には」

郷原一造が小角清左衛門はなにか言っていなかったかと門番足軽に問うた。

「あと一つ」

門番足軽がまだあると答えた。

「それはなんだ」

「……関所近くでもめ事が起これば、動かねばならぬと」

迫った郷原一造から顔を離しながら門番足軽が述べた。

「……なるほど」

郷原一造がうなずいた。

「関所番頭を預かるだけのことはあるな」

小角清左衛門のことを郷原一造が褒めた。

目付の密命をただ拒むだけでは、後々が怖い。

どのような些末なことでも目付を怒らせれば、かならず報復がある。今は咎めるだけのものがなくとも、いずれということがある。いや、目付が無理矢理罪に問うかも知れない。

それを怖れた小角清左衛門は表だっての協力は関所としてはできないが、なにか介入できる正当な理由があれば味方をすると暗に郷原一造に告げたのだ。

「関所門近くで吾が吉良の息子に仕掛ければ……」

箱根関所の権は強く、広い。関所のなかだけでなく、周囲にも及ぶ。

うまく郷原一造が立ち回れば、三郎らを街道から山へと追いやり、関所破りの疑いありとすることもできる。

「ふふふ」

郷原一造が嗤った。

「あのう……」

足を止めた郷原一造を門番足軽が急《せ》かした。

「わかっておる」

郷原一造は建物のなかからこちらを見ているだろう小角清左衛門へ小さく手をあげて、関所を後にした。

本書は書き下ろしです。

高《こう》家《け》表《ひょう》裏《り》譚《たん》6
陰《いん》戦《とう》
上《うえ》田《だ》秀《ひで》人《と》

令和4年 11月25日　初版発行

発行者●山下直久

発行●株式会社KADOKAWA
〒102-8177　東京都千代田区富士見2-13-3
電話　0570-002-301（ナビダイヤル）

角川文庫 23426

印刷所●株式会社暁印刷
製本所●本間製本株式会社

表紙画●和田三造

●お問い合わせ
https://www.kadokawa.co.jp/（「お問い合わせ」へお進みください）
※内容によっては、お答えできない場合があります。
※サポートは日本国内のみとさせていただきます。
※Japanese text only

ISBN 978-4-04-112923-4　C0193

角川文庫発刊に際して

角川源義

第二次世界大戦の敗北は、軍事力の敗北であった以上に、私たちの若い文化力の敗退であった。私たちの文化が戦争に対して如何に無力であり、単なるあだ花に過ぎなかったかを、私たちは身を以て体験し痛感した。西洋近代文化の摂取にとって、明治以後八十年の歳月は決して短かすぎたとは言えない。にもかかわらず、近代文化の伝統を確立し、自由な批判と柔軟な良識に富む文化層として自らを形成することに私たちは失敗して来た。そしてこれは、各層への文化の普及滲透を任務とする出版人の責任でもあった。

一九四五年以来、私たちは再び振出しに戻り、第一歩から踏み出すことを余儀なくされた。これは大きな不幸ではあるが、反面、これまでの混沌・未熟・歪曲の中にあった我が国の文化に秩序と確たる基礎を齎らすためには絶好の機会でもある。角川書店は、このような祖国の文化的危機にあたり、微力をも顧みず再建の礎石たるべき抱負と決意とをもって出発したが、ここに創立以来の念願を果すべく角川文庫を発刊する。これまで刊行されたあらゆる全集叢書文庫類の長所と短所とを検討し、古今東西の不朽の典籍を、良心的編集のもとに、廉価に、そして書架にふさわしい美本として、多くのひとびとに提供しようとする。しかし私たちは徒らに百科全書的な知識のジレッタントを作ることを目的とせず、あくまで祖国の文化に秩序と再建への道を示し、この文庫を角川書店の栄ある事業として、今後永久に継続発展せしめ、学芸と教養との殿堂として大成せんことを期したい。多くの読書子の愛情ある忠言と支持とによって、この希望と抱負とを完遂せしめられんことを願う。

一九四九年五月三日

角川文庫ベストセラー

埋伏　表御番医師診療禄11

上田秀人

御広敷番医師の矢切良衛は、大奥の御膳所の仲居の腹痛に不審なものを感じる。上様の料理に携わる者の不調は、大事になりかねないからだ。将軍の食事を調べるべく、奔走する良衛は、驚愕の事実を摑むが……。

根源　表御番医師診療禄12

上田秀人

御広敷番医師の矢切良衛は、将軍綱吉の命を永年狙ってきた敵の正体に辿りついた。だが、周到に計画され、怨念ともいう意志を数代にわたり引き継いできた敵。真相にせまった良衛に、敵の魔手が迫る！

不治　表御番医師診療禄13

上田秀人

将軍綱吉の血を絶やさんとする恐るべき敵にたどり着いた、御広敷番医師の矢切良衛。だが敵も、良衛を消そうと、最後の戦いを挑んできた。ついに明らかになる恐るべき陰謀の根源。最後に勝つのは誰なのか。

跡継　高家表裏譚1

上田秀人

幕府と朝廷の礼法を司る「高家」に生まれた吉良三郎義央（後の上野介）は、13歳になり、吉良家の跡継ぎとして将軍にお目通りを願い出た。三郎は無事跡継ぎとして認められたが、大名たちに不穏な動きが――。

密使　高家表裏譚2

上田秀人

幕府と朝廷の礼法を司る「高家」に生まれた吉良三郎義央は、名門吉良家の跡取りとして、見習いの役目を果たすべく父に付いて登城するようになった。だが、そんな吉良家に突如朝廷側からの訪問者が現れる。